Manfred Röder
Offene Rechnung

Dies ist ein Roman. Handlung und Personen sind frei erfunden.

Manfred Röder, Jahrgang 1951, war jahrelang bei einer Kommunalverwaltung beschäftigt. Zuletzt leitete er die Ordnungs- und Sozialabteilung. Zunächst schrieb er Songtexte auf Wäller Platt. 2011 veröffentlichte er die beiden ersten Fälle „Abrechnung" und „Abgefischt" um das Ermittlerduo Ulla Stein und Christoph Leyendecker, die in einem Buch zusammengefasst wurden. 2015 folgte dann „Schneckentänzer".

Er lebt nach wie vor mit Frau und Kater in Hachenburg im Westerwald.

Manfred Röder

Offene Rechnung

Ein Westerwaldkrimi

Bibliografische Information der Deutschen Nationalbibliothek: Die Deutsche Nationalbibliothek ver-
zeichnet diese Publikation in der deutschen Natio-
nalbibliografie, detaillierte bibliografische Dateien
sind im Internet über http://dnb.dnb.de abrufbar.

Copyright © 2016 Manfred Röder, Hachenburg

Herstellung und Verlag.
BoD – Books on Demand, Norderstedt

ISBN 978-3-7392-4115-9

Oktober 2008

Vorsichtig umkurvte der schwarze Benz die zahlreichen Krater. Genau wie die umliegenden Gebäude, war die Straße von zahlreichen Einschlägen verschiedener Geschosse aus den unterschiedlichsten Kriegswaffen getroffen worden. Die schwere, gepanzerte Limousine mit den abgedunkelten Fenstern war eigentlich zu schwerfällig für diese Straßenverhältnisse.

Der in gebührender Entfernung folgende Range Rover passte da schon eher hierher. In seinem Inneren konnte man vier Männer in pseudomilitärischen Uniformen mit schusssicheren Westen erkennen.

Plötzlich war da dieser alte, verrostete Kleinlaster, der aus einer der schmalen Seitenstraßen kam und den Daimler rammte. Man sah, wie der Fahrer aus der Rostlaube sprang und davoneilte. Von irgendwoher kamen Schüsse.

Der PKW und der Laster waren wohl ineinander verkeilt, denn die Räder des Mercedes drehten durch, und der Motor heulte auf, bevor sich die beiden Fahrzeuge mit einem plötzlichen Ruck voneinander lösten.

Zwischenzeitlich waren die vier Insassen aus dem Geländewagen gesprungen. In ihren Händen hielten sie schussbereite Maschinenpistolen. Für einen kurzen Moment schienen sie zu zögern, bevor einer, offenbar der Anführer, auf ein Haus deutete, das dann auch sofort unter Feuer genommen wurde. Die vier waren erfahrene Kämpfer und bestens aufeinander abgestimmt. Während der eine sich hinter dem Geländewagen verschanzte und weiter feuerte, stürmten die anderen durch eine Öffnung, in der wohl früher einmal die Eingangstür gehangen hatte, in das Gebäude. Zahlreiche Feuerstöße waren zu hören, bevor sie wieder auf die Straße traten. Der eine blickte noch kurz zurück, nahm etwas aus der Tasche seiner Uniformjacke und warf es mit einem zynischen Grinsen ins Haus. Kurz darauf ertönte ein lauter Knall, und eine Wolke von Staub und Rauch drang aus dem Gebäude.

Ohne sichtliche Eile bestiegen sie das Fahrzeug und folgten dem Mercedes.

Kapitel 1

Ein solches Gedränge hatte Robert Jordan nicht erwartet. Zahllose Menschen schoben sich durch die Straßen dieser kleinen Stadt im nördlichen Rheinland-Pfalz.

„Wir haben Katharinenmarkt, da sind unsere Zimmer lange im Voraus reserviert", hatte man ihm am Telefon mitgeteilt, als er sich bei dem kleinen Hotel nach einer Übernachtungsmöglichkeit erkundigt hatte, „aber Sie haben Glück, heute Morgen hat jemand abgesagt."

So war er in aller Frühe von Berlin nach Köln geflogen und hatte sich dort am Flughafen einen Leihwagen genommen. Seine Wahl war auf einen leistungsstarken BMW gefallen, hatte er doch gehofft, auf der Autobahn einmal richtig Gas geben zu können, was in den Staaten ja nicht möglich ist, da auf den Highways strenges Tempolimit herrscht. Leider wurde er enttäuscht, da die vielen Schilder, die die Geschwindigkeit einschränkten, und der zäh fließende Verkehr zügiges Fahren nicht zuließen.

Dem Rat seiner Telefonpartnerin folgend, war er nicht über die Graf-Heinrich-Straße in die Innenstadt gefahren, sondern hatte die Bundesstraße erst später verlassen und sich der Stadt von Westen her genähert. So war er über die

Leipziger Straße und den Alexanderring nahe an die Innenstadt gekommen. Bevor die Marktstände ihm den Weg versperrten, war er links abgebogen und in das relativ neue Parkhaus gelangt. Hier hatte er tatsächlich das Glück, noch eine Parkmöglichkeit zu finden, denn gerade verließ ein anderes Fahrzeug seinen Platz.

Zwischen den vielen Menschen, die sich im Schankraum des Hotels zur Krone drängten, war für ihn mit seinem schweren Koffer kaum ein Durchkommen gewesen. Man hatte auch kaum Zeit für ihn gehabt und ihn zwar freundlich, aber nur flüchtig begrüßt, er sehe ja, was hier los wäre, und die Formalitäten auf den nächsten Tag vertagt. Man hatte ihn in aller Eile in ein rustikales, aber gemütliches Zimmer geführt und ihm ohne viel Federlesens den Schlüssel ausgehändigt. Er konnte der Dame gerade noch seine Visitenkarte in die Hand drücken, da war sie auch schon verschwunden. Er war noch nicht einmal dazu gekommen, ihr ein Trinkgeld auszuhändigen, welches wohl recht ansehnlich gewesen wäre, denn Robert Jordan war ein wohlhabender Mann und im Gegensatz zu vielen seiner Art, durchaus großzügig. Zu eilig war sie verschwunden.

Er hatte sich nicht die Mühe gemacht, seinen Koffer auszupacken, sondern sich lediglich etwas frisch gemacht, bevor er sich erneut durch die überfüllte Kneipe drängelte.

Nun stand er auf der kleinen Terrasse des Hotels und blickte auf den Alten Markt Hachenburgs. Eigentlich ein sehr schöner Marktplatz, auch wenn nicht alle Gebäude in ihrem historischen Ursprung erhalten waren. Gegenüber fielen die mehrgeschossigen Fachwerkbauten ins Auge. Linker Hand führte eine wuchtige Bruchsteintreppe zum Eingang einer Kirche. Jordan war kein Fachmann, so konnte er nicht sagen, aus welchem Jahrhundert die wohl stammte. Aber es war vermutlich wie so oft, dass über die Jahrhunderte immer wieder Um- und Anbauten erfolgt waren und so das Gotteshaus seine jetzige Form gefunden hatte. Die kleine Gasse links von ihm mit dem Torbogen war wohl der Aufgang zu dem Barockschloss, das ihm bereits ins Auge gefallen war, als er an diesem gepflegten Park vorbeifuhr. Einen wirklichen Gesamteindruck konnte er jedoch nicht gewinnen, den überall standen Marktstände, zwischen denen sich Unmengen von Menschen hindurchschoben. Der historische Brunnen war zwischen dem geschäftigen Treiben kaum zu sehen. Wie Jordan jedoch erkennen konnte, sah der ziemlich ramponiert aus. Außerdem hatte den Brunnen sicher einmal eine Figur oder Ähnliches geziert, die jetzt verschwunden war. Wie es schien, fanden in der Innenstadt des kleinen Städtchens umfangreiche Sanierungsarbeiten statt. Trotzdem hatte man wohl nicht auf die Ausrichtung des Marktes verzichten wollen, und der große Besucherandrang zeigte, dass dies die richtige Entscheidung gewesen war.

Vor zwei Wochen hatte er noch nicht gewusst, dass es dieses Hachenburg überhaupt gab, geschweige denn in Erwägung gezogen, es während seines Deutschlandaufenthaltes aufzusuchen. Eigentlich war sein Ziel lediglich die Hauptstadt Berlin gewesen. Aber dann hatte er eine Entdeckung gemacht, die ihn dazu veranlasste, hierher zu kommen.

Er hatte keine Eile, denn er hatte keinen Termin vereinbart. Er hielt es für besser, überraschend dort aufzutauchen. Falls er niemanden antraf, war das nicht weiter schlimm. Er hatte Zeit und konnte es ein andermal versuchen. Also entschloss er sich, die Atmosphäre des Marktes hautnah zu genießen. Er machte drei Schritte nach vorne, und schon befand er sich mitten in dem Strom von Menschen, der ihn mit sich zog. Es ging langsam aber stetig voran. Lediglich an den Stellen, an denen irgendwelche alkoholischen Getränke ausgeschenkt wurden, kam es doch zu einigem Geschiebe, obwohl man diese Stände etwas zurückgesetzt hatte. Trotzdem schufen die Menschtrauben, die davor verharrten, künstliche Engpässe und brachten den vorwärts strebenden Fluss zum Stocken. Ein Mann, der ihm mit einer Bratwurst eine gehörige Portion Senf auf seinen Kaschmirmantel schmierte, erinnerte ihn daran, dass er heute außer der Banane, die ihm ein Marktschreier zugeworfen hatte, noch nichts gegessen hatte. Im Flugzeug hatte er auf das pappige Sandwich, wofür die Billigairline auch noch fünf Euro verlangte, verzichtet. So kaufte er sich an einem der Stände eine Currywurst. Obwohl es aus Berlin kam, hatte er eine solche in Deutschland bisher nicht gegessen. Natürlich bekam man in den USA auch Currywürste, aber die hier schmeckte ihm besser. Vermutlich bildete er sich das nur ein, da er die Currywurst nun einmal mit Deutschland verband. Dieses Phänomen war ja hinreichend bekannt. Den Rotwein, der einem am Urlaubsort so gut schmeckte, empfand man zu Hause eher fad und langweilig. Es war zwar nicht kalt, sondern eher warm, einige Grad höher als die Durchschnittstemperatur im November. Die hatte er vor seiner Reise im Internet nachgesehen. Trotzdem erstand er an einem anderen Stand einen Glühwein, irgendetwas musste ja an diesem Getränk dran sein, sonst hätten sich nicht so viele Menschen an diesem Stand gedrängelt. Aber diese Erfahrung hätte er sich ersparen können, denn er bekam kurz darauf Sodbrennen. Sein Magen war mit dem Alter doch etwas empfindlicher geworden.

So ließ er sich ziellos weitertreiben. Gelegentlich verließ er die Schlange, um sich die Auslagen eines Standes näher anzusehen oder einem der Marktschreier zuzuhören, der irgendeine unverzichtbare Neuerung anpries. Er widerstand der Versuchung, sechs Topfblumen für vierzehn Euro zu kaufen, auch wenn der Mann auf dem LKW ihn lauthals dazu aufforderte.

    Mit der Zeit schmerzten ihn die Füße. Seine Versuche, in irgendeiner Gaststätte einen Sitzplatz zu ergattern, scheiterten kläglich, da die Kneipen rappelvoll waren und sich die Besucher bereits an den Eingangstüren stauten, oder die Eingangstüren waren verschlossen, und es wurden nur neue Gäste hereingelassen, wenn andere die Gaststätte verließen. Daher schien es ihm an der Zeit, das Vorhaben in die Tat umzusetzen, welches ihn nach Hachenburg geführt hatte. Er drängte sich zwischen zwei Ständen hindurch und ging über den Hof zu dem Haus und läutete. Nach einigen Sekunden hörte er drinnen Schritte, die sich der Haustür näherten. Wie es schien, hatte er Glück, denn es war jemand zu Hause.

Kapitel 2

Horn spielte den Herzkönig aus. Starck warf schulterzuckend die Sieben von Kreuz dazu. Berger trank in aller Ruhe sein Glas leer und stach den König mit dem Herzass, wofür er erstaunte Blicke Starcks erntete. Unbeeindruckt spielte Berger die Herzneun aus, die Horn triumphierend mit der Zehn übernahm. Die Kreuzacht von Starck spielte keine Rolle mehr.

Kopfschüttelnd tadelte Starck: „Du hättest die Zehn schnippeln müssen."

Berger antwortete mit einem überlegenen Lächeln: „Was wäre gewesen, wenn die Zehn im Stock lag? Er hatte ein Zweifarbenspiel, sieben Trumpf und vier Herz. Wenn er keinen Trumpf drücken wollte, musste er ein Herz legen. Es hätte gut sein können, dass er die Zehn gedrückt hatte. Du solltest dir auch einmal angewöhnen, die Augen mitzuzählen. Wir haben einundsechzig. Wenn das nicht gereicht hätte, hätte ich selbstverständlich geschnippelt." Dann sah er Horn an. „Das Spiel war mit Kontra, da brauche ich erst gar nicht zu rechnen. Du hast Gäste geladen."

Kopfschüttelnd winkte Horn nach der Wirtin.

„Noch eine Runde?", fragte erkundigte sie sich..

„Ja, leider", bestätigte Horn. „Er ist ein alter Maurer. Nicht dieser Wiener Baulöwe, der kürzlich eine junge Wittlicherin geheiratet hat, hätte den Namen Mörtel verdient, sondern Karlchen. Mit zwei Jungen gerade mal achtzehn sagen und sich dann verpissen. Und dann auch noch Kontra geben! Das ist nun wirklich unfair und gehört verboten."

Der so Gescholtene hatte dafür nur ein müdes Lächeln. Wenn es seine Schicht zuließ, versäumte der hünenhafte Polizeibeamte keinen der wöchentlichen Skatabende. Das Nachkarten und die Diskussionen machten den eigentlichen Reiz dieser Abende aus, auch wenn sie sich gelegentlich heftig in die Haare gerieten. Aber das war spätestens beim nächsten Bier wieder vergessen. Die anderen hätten längst nicht mehr mit ihm gespielt, gewann er doch meistens. Das glich er nachher immer durch ein paar freiwillige Runden aus. Er zehrte heute davon, dass er in jungen Jahren eine Menge Lehrgeld gezahlt hatte, weil er sich mit den Großmeistern der Zunft gemessen hatte. Er erinnerte sich noch an den Dreizentnerkoloss mit der dicken, stinkenden Zigarre, den alle nur Bombig nannten. Dieser besagte Bombig war einer der führenden Bundesligaspieler in der Mannschaft aus dem nahen Unnau. Er dachte auch an den fast blinden Alten, der jede Karte aufnahm, nachdem sie ausgespielt war und sie vor seine Augen hielt, der am Ende des Spiels jeden Stich haarklein rekonstruieren und analysieren konnte.

Die Wirtin brachte die bestellten drei Bier und vier Korn dazu. „Ich störe euch nur ungern, aber kann ich dich mal kurz sprechen, Karlchen?", fragte sie zögerlich.

„Aber klar, du doch immer. Was liegt an, Martha?", erwiderte Berger und deutete auf den freien Stuhl.

„Erst wollen wir mal einen Kurzen trinken." Die Wirtin stellte die drei Korn vor die Skatspieler, deutete mit dem vierten ein Prost an und trank ihn leer.

„Schieß los, Martha. Was hast du auf dem Herzen?", forderte Berger, nachdem er auch noch einen Schluck von dem frischen Bier genommen hatte.

Martha schien verunsichert. Sie strich sich über die weiße Schürze. Dann begann sie zögerlich. „Ich weiß gar nicht, wie ich das sagen soll. Aber die Sache ist wirklich komisch. Einer meiner Gäste ist verschwunden."

„Was heißt verschwunden? Niemand verschwindet so einfach, außer meiner Frau, die ist auch einfach verschwunden", bemerkte Horn und lachte gepresst.

„Ich wette, er hat nicht bezahlt", warf Starck ein. „Was ist denn an einem Zechpreller komisch? Das ist zwar ärgerlich, aber kommt halt hier und da mal vor."

„Last doch Martha erst einmal erzählen", forderte Berger. „Es wird schon etwas mehr dahinterstecken als so ein ganz gewöhnlicher Zechpreller."

„Richtig", bestätigte Martha, „es stimmt, dass er nicht bezahlt hat, aber darum geht es nicht. Damit hätte ich dich nicht in deiner Freizeit belästigt. Ich wäre morgen zu euch auf die Wache gekommen, hätte Anzeige erstattet und alles wäre seinen Weg gegangen. Aber ich fürchte, das ist nicht die ganze Wahrheit. Der Mann ist einfach verschwunden."

„Erzähl einfach von vorne", forderte Berger sie auf.

„Das war letzten Samstag."

„Da war doch Katharinenmarkt", meldete sich Starck erneut.

„Jetzt halt doch mal den Mund und hör zu! Da erzählst du uns nichts Neues." Berger war doch etwas ungehalten. „Lass dich nicht stören", forderte er die Wirtin auf.

„Wie gesagt, es war ja Katharinenmarkt. Eigentlich waren wir ausgebucht, aber es hatte jemand abgesagt. Da hat er angerufen und nach einem Zimmer gefragt, und wir haben selbstverständlich zugesagt. Als er dann kam, konnten wir uns nicht weiter um ihn kümmern. Ihr könnt euch ja vorstellen, was an dem Tag los war. Hier ging alles Drunter und Drüber. Das Mädchen hat ihm sein Zimmer gezeigt. Den ganzen Meldekram haben wir auf den nächsten Tag verschoben. Ich weiß, dass das falsch war."

„Schon gut", beschwichtigte Berger, „daraus wir dir niemand einen Strick drehen. Wie ging es weiter?"

„Kurz darauf kam er durch die Gaststube und ist dann auf den Markt. Und das war es dann. Seitdem habe ich ihn nicht mehr gesehen. Er ist nicht wieder aufgetaucht."

„Was ist mit seinem Gepäck?", fragte Berger.

„Sein Koffer steht ungeöffnet oben. Das Bett ist unbenutzt."

„Er wird jemand kennengelernt haben. Oder er war schon verabredet. Vermutlich geht es um eine Frau", nahm Horn an.

„Kann schon sein", bestätigte Berger. „Aber ein einigermaßen gewissenhafter Mensch hätte sich doch gemeldet. Wie lang hat er das Zimmer denn gemietet?"

„Darüber haben wir gar nicht gesprochen. Das sollte alles am nächsten Tag geschehen. Aber er hat einen zuverlässigen Eindruck gemacht. Ich glaube schon, dass er wenigstens angerufen hätte."

„Er ist erwachsener Mensch. Der kann grundsätzlich machen, was er will. Es besteht kein Grund, jetzt in aller Eile eine Fahndung einzuleiten. Aber ich kann ja morgen einmal nachhören, ob er irgendwo aufgetaucht ist. Wie sah er denn aus?"

„Ein feiner Mann. Sehr gepflegt. So um die sechzig, etwa eins achtzig groß, graue Haare, Brille mit dunklem Gestell. Er trug eine dunkle Wollhose und einen edlen Mantel. Der war mit Sicherheit teuer, Kaschmir eventuell. In einer Manteltasche steckte eine Zeitung. Aber so genau habe ich ihn ja nicht gesehen. Ihr wisst schon, die ganze Hektik."

„Dafür ist die Beschreibung doch sehr gut", lobte Berger. „Sonst noch was?"

„Er war Amerikaner."

„Woher weißt du das? Hat er mit Akzent gesprochen, oder hat er gesagt, dass er Amerikaner sei?"

„Ich kann mich nicht erinnern, dass er mit Akzent gesprochen hat, aber ich habe ja auch kaum mit ihm geredet. Das ging aus der Karte hervor, die er dem Mädchen gegeben hat."

„Du hast seine Karte?" Berger schüttelte missbilligend den Kopf. „Warum sagst du so was denn nicht gleich? Da steht doch sicher eine Telefonnummer drauf."

„Das habe ich doch versucht. Die Handynummer ist tot. Und unter der Nummer in Amerika ist er ja wohl auch nicht erreichbar. Schließlich ist er ja hier in Deutschland."

„Hast du da mal angerufen?", erkundigt sich Karlchen. „Vielleicht stehen die ja mit ihm in Verbindung."

„Das habe ich nicht", erklärte sie zögerlich.

„Dann solltest du das nachholen, am besten sofort. Dort ist noch heller Tag. Du kannst also jetzt anrufen. Vielleicht klärt sich dann alles auf."

Martha verschwand, um nach etwa zehn Minuten wiederzukommen, „Ich habe tatsächlich jemand erreicht, es war seine Tochter. Sie sprach ausgezeichnet deutsch. Sie hatte auch nichts von ihm gehört. Ich glaube, sie war sehr beunruhigt. Es würde mich nicht wundern, wenn sie herkommen würde. Sie will wohl eine größere Suchaktion starten."

„Das wird hoffentlich nicht notwendig sein. Vermutlich gibt es eine ganz simple Erklärung. Wir sollten jetzt nicht die Pferde scheu machen. Wie ich schon sagte, ich werde morgen versuchen, etwas herauszufinden", erklärte Berger. „Möglicherweise klärt sich dann alles auf. Mach mir mal eine Kopie von der Karte, und bring uns noch eine Runde."

Die Wirtin brachte die drei Bier und gab Berger einen Zettel. „Die Runde geht auf mich", erklärte sie, „zum Wohl!"

„Robert Jordan, von Jordan, Jordan und Partnern, Boston, Massachusetts, eine Anwaltskanzlei", übersetzte er.

Kapitel 3

„Es ist etwas später geworden, der Dienstplan von morgen musste geändert werden, weil ein Kollege ausgefallen ist. Hast du schon etwas gegessen, Ulla?", fragte Christoph Leyendecker, als er die Wohnung betrat.

Ulla Stein saß auf der Ledercouch im Wohnzimmer und blätterte in einem Journal. „Noch nicht", erwiderte sie, „ich wollte auf dich warten. „Außerdem habe ich nicht viel Hunger. Sollen wir uns ein paar Brote machen?"

„Mir ist eher nach Nudeln", erwiderte er. „Die sind ja auch schnell gemacht."

Wenn man Ulla Stein gefragt hätte, ob sie die vor etwa einem Jahr getroffene Entscheidung, das LKA in Mainz zu verlassen und zusammen mit ihrem Lebensgefährten nach Hachenburg zu wechseln, bereut hätte, hätte sie dies deutlich verneint.

Damals war die Leitung der Dienststelle vakant gewesen, und man hatte den Posten Christoph auch damit schmackhaft gemacht, die Position für die Aufklärung der Kriminalfälle an seine Lebensgefährtin zu vergeben. Eigentlich galt das nur für die kleineren Delikte. Bei Gewaltverbrechen waren wohl eher die Kollegen aus Koblenz zuständig. Aber da sie beide vom Landeskriminalamt kamen und so über die entsprechende Erfahrung verfügten, ließ man sie doch eher gewähren. Auch wenn sie offiziell nicht hauptverantwortlich waren. So hatten sie doch vor Kurzem einige Mordfälle fast im Alleingang aufgeklärt. Die Wohnung im Obergeschoss von Christophs Elternhaus nutzten sie immer noch, obwohl die doch etwas klein war und nicht so ganz Ullas Ansprüchen entsprach. Das Erdgeschoss war immer noch an Frau Hein, eine gutmütige Rentnerin, mit ihrem Kater Balboa vermietet.

Hätte man bei Ulla etwas nachgebohrt, wäre die Frage, ob sie den Wechsel bereut habe, doch etwas weniger vehement beantwortet worden. Im Gegensatz zu Christoph, der ja hier geboren war, tat sie sich mit dem Einleben etwas schwer. Was sie begeisterte, waren die hervorragenden Laufstrecken, die ihr hier zur Verfügung standen. Nach wenigen Metern lief man immer durch freies Feld oder durch den Wald. Auch die Mountainbikestrecke, die sie sich inzwischen auserkoren hatte, gefiel ihr ausnehmend gut. Meist fuhr sie durch die Gemarkungen von Hattert, Winkelbach und Wahlrod bis zur Mündung des Rothbachs zwischen Wahlrod und Mudenbach, um dann dem Oberlauf der Wied in Richtung Quelle bis zum Dreifelder Weiher zu folgen, den sie umrundete. Danach fuhr sie in Richtung Gräbersberg, um dann vom höchsten Punkt der Strecke über Gehlert nach Hachenburg zurückzukehren.

Die Lauf- und Mountainbikestrecken waren das eine, aber bisher hatte sie sich einen dauerhaften Wechsel aufs Land nicht vorstellen können. Zu sehr war sie doch Stadtpflanze. Selbst Mainz war ihr eigentlich zu klein gewesen. Sie hatte ihre Zukunft eher in einer Stadt wie Köln oder Berlin gesehen. Obwohl sie beide befördert worden waren, fürchtete sie tief in ihrem Inneren, dass dies nun das Ende der Fahnenstange sei.

Leyendecker ging in die Küche und setzte Nudelwasser auf. Das Gericht, das er kochte, war so was wie eine Mischung aus italienischer und bayrischer Küche. Es erinnerte etwas an die bayrischen Kaasspatzen. Er schnitt eine Zwiebel in kleine Würfel, Frühstücksspeck in schmale Streifen und briet beides in reichlich Olivenöl, bis die Zwiebeln glasig waren. Abgeschmeckt wurde mit Salz, Pfeffer und etwas Chili. Diese Soße vermischte er mit den Nudeln und rieb würzigen Bergkäse darüber. Hierzu genehmigten sie sich ein Bier.

Er wollte gerade die Teller wegräumen, als er sah, dass ein Schirm im Schirmständer wackelte. Was zunächst wie ein unerklärliches Phänomen aussah, klärte sich dann kurz danach auf. Zuerst erschien der kleine Kopf und dann der Rest eines roten Kätzchens. „Wen haben wir denn da? Haben wir einen neuen Mitbewohner, von dem ich noch nichts weiß?", fragte er erstaunt.

„Das ist Schmeling", erklärte Ulla, „der neue Kater von Frau Hein. Der alte Balboa ist in letzter Zeit doch etwas träge geworden, und da hat sie geglaubt, es würde ihn etwas munterer machen, wenn sie ihm einen kleinen Spielgefährten zur Verfügung stellt."

„Lass mich raten, das ist schiefgegangen", vermutete Leyendecker. „Balboa hat den kleinen Kerl angegriffen."

„Ganz so war es nicht. Eher das Gegenteil ist der Fall. Balboa kommt mit dem Temperament des Kleinen nicht klar. Der Knirps will ununterbrochen unterhalten werden. Springt auf seinen Rücken, beißt ihn in den Schwanz, was ihm gerade einfällt. Der arme Kerl ist total gestresst. Er ist hier, weil Balboa dringend mal etwas Ruhe braucht."

„Und deshalb haben wir jetzt einen Kater?"

„Nur mal ganz kurz. Die beiden werden sich schon aneinander gewöhnen. Jedenfalls hoffe ich das. Ansonsten, was wäre denn so schlimm, wenn wir uns des Kleinen auf Dauer annehmen würden?"

„Wir haben keine Zeit, um uns dauerhaft um ein Tier zu kümmern." Schmeling kletterte an Leyendeckers Bein hoch, wobei die kleinen, spitzen Krallen durch den Stoff seiner Jeans drangen, machte es sich auf seinem Schoß bequem und gab ihm unmissverständlich zu verstehen, dass er nun gekrault werden müsse. „Aber ins Bett kommt der nicht", erklärte er. „Das gewöhnen wir ihm gar nicht erst an. Du weißt ja, wie schnell die Katzen einem auf dem Kopf herumtanzen."

Bevor Leyendecker abends zu Bett ging, rief er regelmäßig die Internetseiten der Westerwälder Zeitung auf. Er wollte gewappnet sein, falls am nächsten Tag etwas in der Zeitung stand, das seine Arbeit betraf. Heute erwartete ihn eine Überraschung. „Ulla", rief er. „Komm mal her! Schau doch mal, was die morgen in der Zeitung bringen!"

US-BÜRGER BEIM KATHARINENMARKT VERSCHWUNDEN

Das Blatt berichtete, dass der US-Amerikaner Robert Jordan seit dem Katharinenmarkt spurlos verschwunden sei. Er habe am frühen Nachmittag des siebten November das Hotel zur Krone in Hachenburg verlassen und sei seitdem nicht wieder aufgetaucht. Die Familie des Vermissten sei in großer Sorge. Die Polizei hätte bisher nichts unternommen. Die Familie habe daher eine Belohnung von zweitausend Euro für denjenigen ausgesetzt, dessen Hinweise zum Auffinden Robert Jordans führen würden. Die Redaktion habe sich gerne bereit erklärt, diese Hinweise entgegen zu nehmen. Gezeigt wurde das Bild eines grauhaarigen Mannes, der an einem schweren Schreibtisch saß.

„Was hat das nun wieder zu bedeuten?", fragte Leyendecker. „Weißt du etwas davon?"
„Nicht wirklich," erwiderte Ulla. „Ich weiß nur, dass Karlchen nach irgendjemand suchte, er hat Berichte eingesehen, verschiedene Krankenhäuser angerufen, solche Sachen halt. Ob es da um diesen Amerikaner ging, weiß ich nicht."
„Wir werden ihn morgen fragen."
Als sie ins Bett kamen, lag Schmeling auf der Bettdecke.
„Lass ihn doch", sagte Ulla.
„Was hab ich dir gesagt?", entgegnete er kopfschüttelnd und legte sich vorsichtig neben das Kätzchen.

Als am nächsten Morgen Karl Berger Leyendeckers Zimmer betrat, hob er beschwichtigend die Hand. „Ich weiß schon, was du sagen willst. Ich habe die Zeitung auch gelesen."
Leyendecker bat Berger, sich zu setzen. „Schon gut, es ist ja alles in Ordnung. Ulla hat mir erzählt, du hättest jemand gesucht. Ging es da um diesen Amerikaner? Falls ja, konntest du irgendetwas in Erfahrung bringen?"
„Leider nein, er ist und bleibt verschwunden. Das war ein kleiner Gefallen, den ich der Martha von der Krone getan habe. Nichts Offizielles, ich

habe dich extra da raus gehalten. Was hättest du schon tun können. Und solange du nichts weißt, kann dir auch keiner Vorhaltungen machen."

„Irgendwie hast du schon recht. Wir hätten sicher nicht alles stehen und liegen gelassen, um einen Amerikaner zu suchen, der bei einem German-Bierfest verschwunden ist, so muss dem Amerikaner der Markt doch vorgekommen sein. Aber ich wäre schon gerne vorher davon informiert gewesen."

„Ach Christoph, manchmal ist es doch ganz gut, wenn der Chef sagen kann, er habe nichts gewusst. Das erlebt man doch jeden Tag im Fernsehen. Manchmal sind doch irgendwelche Politiker oder Firmenchefs erstaunlich schlecht informiert."

Leyendecker musste lachen. „So hoch ist meine Position nicht angesiedelt, dass ich mich auf mangelnde Informationen oder Gedächtnislücken berufen muss. Hast du einen Vorschlag, wie wir weiter verfahren sollen?"

„Berger zögerte. „Am besten halten wir zunächst die Füße still und warten, was bei der Aktion mit der Zeitung herauskommt."

„Vielleicht hast du ja recht. Es fragt sich nur, wie lange wir das durchhalten. Jedenfalls bin ich nicht bereit, in blinden Aktionismus zu verfallen. Wahrscheinlich taucht der in ein paar Tagen wieder wohlbehalten auf."

Leyendecker hatte die Angelegenheit fast vergessen, als er zwei Tage später Gepolter auf dem Flur hörte. „Was ist denn hier los?", fragte er, nachdem er die Tür geöffnet hatte.

Auf dem Gang sah er einen der uniformierten Beamten, der eine auffallend hübsche Frau am Arm festhielt. Die Fremde war etwa dreißig Jahre alt, mittelgroß und schlank und hatte dunkle, fast schwarze Haare. Irgendwie wirkte sie gehetzt, ihre Wangen waren gerötet, und ihre braunen Augen blitzten zornig, als sie mit einer Handtasche nach dem Polizisten schlug. „Lassen Sie mich los! Ich will sofort Ihren Chef sprechen!"

„Entschuldigung, Herr Leyendecker, die Dame ist einfach an uns vorbei gestürmt, ohne überhaupt zu sagen, in welcher Angelegenheit sie kommt oder ihren Ausweis zu zeigen."

Leyendecker deutete mit einer Handbewegung an, die Frau loszulassen. „Schon gut, ich kümmere mich um die Dame. Wollen Sie nicht hereinkommen?" Er deutete auf einen der beiden Stühle vor seinem Schreibtisch.

Die junge Frau nahm das Angebot aber nicht an, sondern blieb stehen. „Sie sind also der Chef von dem Laden hier. Ich bin extra aus den Staaten gekommen, um mich selbst um die Angelegenheit zu kümmern, obwohl ich weiß Gott genug andere Arbeit hätte. Was haben Sie bisher unternommen?"

Leyendecker lächelte, sehr zur Missbilligung der Fremden. „Mein Name ist Leyendecker, und Ihrer?"

„Mein Name ist Jordan, Esther Jordan."

„Aha, sie sind wohl eine Verwandte des verschwunden Robert Jordan. Ich darf sagen, Sie sprechen ausgezeichnet deutsch."

„Ich bin die Tochter. Meine Urgroßeltern stammen aus Deutschland. In unserer Familie wurde immer sehr viel Wert auf diese Sprache gelegt. Aber das tut jetzt wohl nichts zu Sache."

„Nehmen Sie doch erst einmal Platz. Wir sollten in Ruhe über diese Angelegenheit reden."

Widerstrebend folgte sie seiner Aufforderung.

Er griff zum Telefon. „Ulla, kannst du bitte einmal zu mir kommen?"

Als Ulla Stein kurz darauf erschien, machte er die beiden bekannt. „Das ist Frau Stein, sie ist hier bei uns für die Kriminalfälle zuständig. Das ist Frau Jordan, die Tochter des verschwundenen Amerikaners."

„Hat der sich immer noch nicht gemeldet?", erkundigte sich Ulla, während sie sich in den anderen Stuhl setzte.

„Natürlich nicht, sonst hätte ich ja den weiten Weg nicht hierher ans Ende der Welt machen müssen."

„Das liegt etwa zehn Kilometer entfernt, bei Alhausen", konnte er sich nicht verkneifen. Alhausen ist ein Ortsteil der kleinen Gemeinde

Stein-Wingert. Weil die Straße dort abrupt im Niemandsland endet, bezeichnen die Westerwälder diese Stelle als Weltende.

Esther Jordan sah ihn nur entgeistert an, naturgemäß konnte sie mit diesem Scherz nichts anfangen, während Ulla missbilligend den Kopf schüttelte. Obwohl sie sich doch schon recht lange kannten, waren ihr seine humoristischen Einlagen öfter suspekt, oder sie fand sie, wie in diesem Fall, fehl am Platze. Aber es wird ja ohnehin behauptet, dass sich männlicher und weiblicher Humor deutlich unterscheiden.

Leyendecker fand seinen Einwurf eigentlich recht lustig und ließ sich nicht weiter beirren. „Was können wir denn nun für Sie tun, Frau Jordan?"

„Was ist das denn nun wieder für eine blöde Frage? Das, was Sie längst hätten tun müssen, meinen Vater suchen!" Die Augen der jungen Frau schauten zornig und kampfeslustig.

Leyendecker wollte etwas Dampf aus dem Kessel nehmen und hörte nach, ob er ihr vielleicht etwas anbieten könne, was die junge Frau aber vehement ablehnte. Also versuchte er, sie zu beschwichtigen. „Frau Jordan, versetzen Sie sich doch einmal in unsere Lage. Ihr Vater ist ein erwachsener Mensch und völlig frei in seinen Entscheidungen, da können wir nicht so ohne Weiteres das große Rad drehen. Dafür fehlt uns ohnehin das Personal. Bisher wurde ihr Vater noch nicht einmal offiziell als vermisst gemeldet. Sie hielten es ja für besser, die Zeitung zu kontaktieren, als sich mit uns in Verbindung zu setzten."

Ulla merkte, dass etwas aus dem Ruder zu laufen schien und versuchte zu besänftigen. „Frau Jordan hat sich lediglich Sorgen gemacht. Das ist doch wohl verständlich. Wir sollten gemeinsam überlegen, was wir unternehmen können."

Leyendecker lenkte ein. „Frau Stein hat recht. Eigentlich war das mit der Zeitung gar keine so schlechte Idee. Hat denn der Aufruf irgendetwas ergeben?"

„Es gibt einige wenige Hinweise. Am hoffnungsvollsten schien der Hinweis eines gewissen Siegfried Groß zu sein."

„Ach du liebe Güte!", entfuhr es Leyendecker. „Das konnte man sich ja denken, dass der sich da dran hängt. Er hat doch vermutlich zunächst nach der Belohnung gefragt und wollte sicher auch einen Vorschuss?"

„Das kann schon sein. Sie kennen den Mann?"

„Leider nur zu gut. Er und sein Kumpel Fred sind zwei Tagediebe mit einem Ruf wir Donnerhall. Die beiden sind eine richtige Landplage. Immer auf der Suche nach dem Geld anderer Leute, das sie dann in alkoholische Getränke umsetzen. Die erzählen Ihnen alles, was Sie hören wollen. Da würde ich mir keine allzu großen Hoffnungen machen."

„Wissen Sie eigentlich, warum ihr Vater gerade nach Hachenburg gekommen ist? Irgendeinen Grund muss er doch gehabt haben", griff Ulla ein. „Hatte er irgendwelche Verbindungen hierher, oder was könnte sonst der Grund gewesen sein?"

„Verbindungen nach Hachenburg hatte er nicht, das wüsste ich ansonsten. Er hat mir aber mitgeteilt, dass er nach hier wollte. Als ich ihn nach dem Grund fragte, sagte er etwas Seltsames. Er sagte, er habe Großmutter gesehen."

„Was kann das bedeuten?", erkundigte sich Leyendecker.

„Ich weiß es wirklich nicht. Ich habe ihn noch gefragt, was er geraucht hätte. Er sei doch in Berlin und nicht in Amsterdam. Seine Großmutter ist nämlich schon sehr lange tot. Er hat nur gelacht."

„Seltsam, mehr wissen Sie nicht?", fragte Ulla.

„Leider nein, aber irgendwo muss er ja sein. Ein Mensch kann doch nicht spurlos verschwinden."

„Das kommt durchaus vor", erklärte Leyendecker, „aber die meisten tauchen irgendwann wieder auf, und meist gibt es auch eine ganz normale Erklärung. Da gab es kürzlich eine Frau, die vor mehr als zwanzig Jahren verschwunden ist und sogar für tot erklärt wurde. Die ist wohlbehalten wieder aufgetaucht. Auch so etwas ist in unserer durchgeplanten und reglementierten Gesellschaft durchaus möglich, wo doch eigentlich jeder Hund seine eigene Marke hat. Vielleicht hat er ja jemand kennengelernt, die wie seine Großmutter aussieht und ist ihr hier nach Hachenburg gefolgt. Er ist nicht verheiratet?"

„Meine Mutter ist vor vier Jahren verstorben. Aber er wäre nicht so einfach verschwunden, ohne mich zu informieren. Das ist nicht seine Art. Und warum ist er telefonisch nicht erreichbar?"

„Seltsam ist das schon", musste Leyendecker zugeben.

„Was gedenken Sie, jetzt zu tun?" Esther sah zuerst Leyendecker und dann Ulla erwartungsvoll an.

„Ich glaube, viel können wir nicht unternehmen", erwiderte Ulla zögerlich. „Wir können ja keine Hundertschaft bestellen, um die Stadt durchzukämmen. Wir wissen ja noch nicht einmal, wo wir suchen sollen. Eventuell hat er Hachenburg ja längst verlassen."

„Etwas können wir schon tun", widersprach Ulla. „Irgendwie ist er ja hergekommen. Wenn ich Karlchen recht verstanden habe mit dem Auto. Das kann ja nur ein Leihwagen sein. Wenn er sich noch hier aufhält, muss das Fahrzeug irgendwo stehen. Vermutlich im Parkhaus. Das müssen wir zunächst abklären. Ob das uns dann weiterhilft, bleibt abzuwarten."

„Es muss doch noch mehr geben, was wir tun können", drängelte die junge Amerikanerin.

Leyendecker hatte plötzlich eine Eingebung. „Irgendwie müssen wir versuchen, seine letzten Schritte zu rekonstruieren. Als Letztes hat ihn die Kronenwirtin gesehen, als er das Gasthaus verließ. Was hat er dann gemacht? Wir können nicht jeden Besucher des Katharinenmarktes fragen. Außerdem fällt in einer solchen Menschenmenge niemand auf, der einem nicht bekannt ist. Aber wir können etwas anderes versuchen. Heutzutage hat doch jeder ein Handy, und mit diesen Handys werden unzählige Fotos gemacht, besonders zu solchen Anlässen wie dem Katharinenmarkt. Sicher hat niemand Ihren Vater bewusst fotografiert, aber im Hintergrund könnte er doch auf einigen Fotos zu sehen sein. Eventuell finden wir da einen Hinweis."

„Und wie finden wir das heraus?", fragte die junge Amerikanerin.

„Sie haben doch diesen Draht zur Presse. Vielleicht fordert man über die Zeitung die Besucher des Marktes auf, sich ihre Fotos noch einmal genauer anzusehen. Natürlich müsste man Ihren Vater so genau wie möglich beschreiben, insbesondere seine Kleidung. Hier kann uns die Wirtin des Hotels zur Krone weiterhelfen. Was halten Sie davon?"

„Zumindest versuchen können wir es", stimmte Esther Jordan zu. „Ich werde mich gleich mit dem Redakteur in Verbindung setzen.

Kurz darauf verließ die junge Frau die Dienststelle.

„Was hältst du von dem Fall?", wollte Ulla wissen.

„Ehrlich gesagt, ich habe keine Ahnung. Meist hat man ja so ein Gefühl, aber hier, mein Verstand sagt mir, dass es eine ganz natürliche Erklärung gibt, eine Frauengeschichte oder so etwas. Doch irgendwo ist da ein leichter Zweifel. Wir müssen einfach abwarten."

Den Leihwagen hatte eine Streife auf dem mittleren Deck des Parkhauses gefunden. Ulla hatte sich mit der Verleihfirma in Verbindung gesetzt und den Schlüssel besorgt. Jetzt traf sie sich mit den Kollegen der Spurensicherung direkt beim Fahrzeug.

Äußerlich waren keine Besonderheiten festzustellen. Nachdem eine Kollegin von der Spusi per Funk das Fahrzeug geöffnet hatte, besah sie sich zunächst eingehend den Innenraum, konnte aber nichts Auffälliges bemerken. „Mal sehen, ob wir im Handschuhfach etwas finden. Da ist ja etwas." Sie nahm ein DIN-A4-Blatt heraus und verstaute es in einer Kunststoffhülle. „Ist wohl der Vertrag über die Ausleihe", bemerkte sie und gab ihn an Ulla weiter.

„Hier steht der Kilometerstand, 9873. Sehen Sie mal nach, wie hoch der jetzt ist."

„9952 Kilometer."

„Das sind rund achtzig Kilometer", stellte Ulla fest. „Das entspricht in etwa der Entfernung zum Flughafen Köln-Bonn. Sieht so aus, als sei der Wagen danach nicht mehr bewegt worden. Jordan kann natürlich andere Verkehrsmittel benutzt haben. Vielleicht hat ihn jemand mitgenommen. Aber es spricht doch einiges dafür, dass er noch hier in Hachenburg ist. Allerdings wissen wir nach wie vor nicht, wo er sich in Hachenburg aufhält."

Im Kofferraum fand sich auch nichts Auffälliges. Die Spurensicherung wollte den Wagen in der Werkstatt noch einer genaueren Untersuchung unterziehen, aber Ulla war sich sicher, dass dabei auch keine neuen Erkenntnisse herauskamen.

Zwei Tage später meldete sich Esther Jordan bei Leyendecker. Der Aufruf in der Zeitung hatte doch einigen Erfolg gehabt. Sie habe die Fotos vorab gesichtet und auf einigen ihren Vater gesehen.

„Kommen Sie doch gleich her, dann können wir uns die gemeinsam ansehen", schlug Leyendecker vor.

Kurz darauf betrat sie sein Dienstzimmer. Sie trug eine ganz normale blaue Jeans, so sah es zumindest Leyendecker. Ulla hätte gemerkt, dass die Hose von einem angesagten Designer stammte und mindestens zweihundertfünfzig Euro kostete. Weiterhin war sie mit einer weißen Bluse und einer kurzen, hellblauen Lederjacke bekleidet. Leyendecker fand, dass sie ausgesprochen gut aussah, auch wenn sie etwas müde schien. „Ich habe die Fotos auf meinem Smartphone", erklärte sie.

„Haben Sie sich schon etwas bei uns eingelebt?", erkundigte er sich. „Sind Sie gut untergekommen?"

„Ich wohne in einer Ferienwohnung in der Fußgängerzone. Da bin ich unabhängiger als in einem Hotel. Ich habe zwar zunächst überlegt, im Hotel zur Krone zu wohnen, vielleicht hätte ich ja dort etwas über Vater erfahren, aber irgendwie kam mir das seltsam vor."

„Ich glaube nicht, dass Sie dort etwas erfahren hätten, ansonsten hätte man uns das bereits mitgeteilt. Einige unserer Kollegen haben einen recht guten Draht dorthin. Möglicherweise werden Sie einen davon gleich kennenlernen. Mailen Sie mir die Fotos doch bitte, dann können wir sie uns gemeinsam auf dem größeren Bildschirm ansehen." Leyendecker nahm eine seiner Visitenkarten aus der Schublade und reichte sie ihr. Normalerweise verwendete er diese Karten nur sparsam. Irgendwie kam er sich immer ein wenig wichtigtuerisch vor, wenn er jemand die Karte aushändigte, aber hier war es praktisch, da seine E-Mail-Adresse darauf stand. „Ich glaube, ich hole Frau Stein und Herrn Berger hinzu. Frau Stein kennen Sie ja. Herr Berger ist ein alter Eingeborener. Er kann uns sicher behilflich sein."

Karlchen war tatsächlich im Haus, und er betrat kurz nach Ulla Stein Leyendeckers Dienstzimmer.

„Herr Berger ist übrigens der Polizist, der sich bei der Wirtin befand, als diese Sie anrief. Er war dort allerdings nicht dienstlich. Wie ich gelesen habe, wurde in dem Artikel darum gebeten, die Uhrzeiten der Fotos mitzuteilen. Das war sehr klug."

„Das machen die modernen Geräte zwar automatisch, aber die meisten haben diese Funktionen ausgeblendet. Die Fotos sind chronologisch sortiert", führte Esther Jordan aus.

Leyendecker drehte den Monitor so, dass alle ihn einsehen konnten. „Dann wollen wir mal."

Das erste Foto zeigte den Amerikaner, wie er das Hotel zur Krone verließ. Beim zweiten zögerte Leyendecker einen Moment.

„Das ist eingangs der Friedrichstraße", meldete sich Karlchen, „man kann rechts ein Stück des Fachwerks sehen. Links ist die Evangelische Kirche."

„Da ist er wieder auf dem Alten Markt. Man sieht die Pizzeria im Hintergrund. Und da befindet er sich im Kreisel beim Scharfen Eck."

„Da steht er vor dem LKW mit den Topfblumen. Der hatte übrigens ganz schöne Blumen", bemerkte Ulla fand aber weiter kein Gehör. Den anderen war das herzlich egal.

„Da sieht man das Havannahaus", stellte Karlchen fest.

„Havannahaus?", fragte Ulla nach.

„Das kannst du nicht wissen", erklärte Karlchen. „Das ist der Pavillon unten am Busbahnhof. Da wurden früher Zeitungen und Tabakwaren verkauft, daher der Name Havannahaus, von den Zigarren."

„So, jetzt kommt das letzte Foto", sagte Esther Jordan.

„Wo ist das denn nun?", fragte Ulla.

„Eindeutig die Tilmannstraße", stellte Karlchen fest. „Links ist die Kreissparkasse. Rechts ist dieser Paketshop mit Reparaturannahme für Kaffeemaschinen, und kurz danach kommt doch das Haus von diesem Oberender."

Leyendecker machte eine abwertende Handbewegung. „Dieser Möchtegernpolitiker, bei dem wir vor Kurzem die Demonstration hatten. Von oben hatte man ja eine Hundertschaft nach Hachenburg geschickt, als würden sämtliche Autonome und Linke Deutschlands erwartet. Dann war da nur dieses erbärmliche Häufchen von gerade mal zwanzig Leuten. Ich glaube, die hat er selbst bestellt. Was tut man nicht alles, um in die Zeitung zu kommen."

„Ich denke, du unterschätzt den Mann ein wenig", warf Karlchen ein. „Er ist sehr redegewandt und kommt bei den Leuten gut an. Wie Umfragen besagen, würde seine Partei, die WS, bei einer Bundestagswahl eineinhalb Prozent erhalten, und er fängt ja gerade erst an. Die Landtagswahl kommt wohl noch zu früh, die werden da vermutlich noch nicht kandidieren, weil sie sich noch keine Organisation aufgebaut haben, aber bei der nächsten Bundestagswahl ... Warte mal ab. Ich glaube, wir werden noch von ihm hören, ob wir wollen oder nicht."

Leyendecker zuckte die Achseln. „Wie dem auch sei. Ich habe den Eindruck, dass er seine Wählerschaft bei den Unzufriedenen und im Umfeld dieser Vereinigungen, die auf ... ida enden, sucht. Aber da tummeln sich ja viele Parteien. Jedenfalls kann ich keine klare Linie erkennen. Irgendwie erinnert der mich an diesen Richter Gnadenlos damals in Hamburg, Schill hieß der glaube ich, auch wenn er einen seriöseren Eindruck macht. Das ist aber auch egal. Er muss mir ja nicht gefallen. Dafür haben wir nun einmal die Demokratie. Er ist Bürger wie jeder andere und wird auch so behandelt."

Leyendecker wandte sich an Esther Jordan. „Kann es sein, dass Ihr Vater hier einen deutschen Politiker treffen wollte?"

Sie verneinte kopfschüttelnd. „Kann ich mir nicht vorstellen. Er hatte keinen Kontakt zu Personen dieser Art, er hat ja schließlich von meiner Urgroßmutter gesprochen. Wie passt dieser Politiker da rein? Er kannte niemand in Deutschland persönlich."

„Richtig", bestätigte Ulla, „die Großmutter sollten wir nicht außer Acht lassen, auch wenn wir uns darauf keinen Reim machen können. Irgendeine Bedeutung wird das schon haben."

„Fragt sich nur welche. Wie dem auch sei", erklärte Leyendecker, „wir müssen ja irgendwo anfangen. Warum also nicht in der Tilmannstraße? Wir danken Ihnen, Frau Jordan. Hoffentlich helfen uns die Fotos weiter. Wir werden Sie auf dem Laufenden halten."

Als die Amerikanerin gegangen war, wandte er sich wieder seinen beiden Kollegen zu. „Wir müssen versuchen, Zeugen aufzutreiben, wir konzentrieren uns zunächst auf die Tilmannstraße und Umgebung. Es sind über den Parkplatz ja auch nur ein paar Schritte bis zu dem Löwencafé, vielleicht ist er ja dorthin, um ein Stück Kuchen zu essen, oder er ist zu dem Fotogeschäft. Möglicherweise wollte er sich dort eine Einwegkamera besorgen, um das Marktgeschehen festzuhalten, obwohl dafür ja heute jeder das Smartphone hat. Wir haben ja noch den Schneider, der kann sich mal da in der Gegend umhören. Zwei oder drei der uniformierten Kollegen können ihn unterstützen."

Karlchen nickte. „Wird gemacht Chef."

„Dieser Oberender interessiert mich. Am liebsten würde ich den selbst aufsuchen. Was wissen wir über den?"

„Mich darfst du nicht fragen", bemerkte Ulla. „Ich weiß sicher weniger als du."

„Aber du Karlchen, du weißt doch über alles Bescheid, was hier in Hachenburg vorgeht. Du bist doch so etwas wie das Orakel von Hachenburg." Er nickte Berger aufmunternd zu.

„Alles weiß ich nicht, aber man erfährt doch einiges in all den Jahren. Ich fange mal bei Adam und Eva an." Karlchen verdrehte die Augen und holte tief Luft. „Da war der alte Klein. Der war Elektriker. Ein kleiner Laden. Klein, ein Geselle und ein Lehrling. Das war alles. Die Kleins hatten eine Tochter, die Martha. In den fünfziger Jahren tauchte dann der Emil Oberender auf und hat die Martha geheiratet. Wo der herkam, weiß ich nicht. Ich glaube aber nicht, dass er ein Westerwälder war. Das waren die Großeltern der heutigen Frau Oberender, der Inge. Dieser Emil Oberender hat wohl Geld mitgebracht und das in die Firma seines Schwiegervaters investiert, die er dann kurz darauf übernommen hat. Er war wohl auch ein cleverer Geschäftsmann. So hat er in relativ kurzer Zeit aus der kleinen Klitsche eine gut gehende Fabrik mit etwa hundert Beschäftigten gemacht. Sie lieferten Elektronikteile an verschiedene größere Firmen. Als der Oberender Ende der Siebziger plötzlich starb, musste Kurt, er war das einzige Kind, die Firma übernehmen. Kurz darauf heirate er ein Mädchen aus der Nähe von Koblenz, Heidi hieß die. Über die kann ich nicht viel sagen, war wohl ein unbeschriebenes Blatt. Keiner hat sie wohl vorher gekannt.

So weit so gut. Alles schien in bester Ordnung zu sein. Ich sage bewusst, es schien in Ordnung zu sein. Der Kurt war nämlich ein Großkotz, wie er im Buche steht. Er war immer in das feinste Tuch gehüllt, fuhr immer den neuesten und größten BMW und schmiss so manche Lokalrunde. Es hieß auch, er habe so manche Mark in der Spielbank in Bad Neuenahr gelassen. Seine Frau, die Heidi, war vom gleichen Kaliber, während Inge, die Tochter, eher als graue Maus rüberkam. Sie stand immer unter der Fuchtel dieser beiden Blender. Vor etwa fünf Jahren starb dann völlig überraschend Heidi Oberender.

Danach ging alles ganz schnell. Es stellte sich heraus, dass die Firma pleite war. Verschleppter Konkurs wurde gesagt, aber zu einer Anklage ist es nie gekommen. Kurt Oberender hätte das Geld, das er in seinen Lebenswandel investierte, besser für neue Maschinen eingesetzt. Die Konkurrenz konnte schneller und damit billiger produzieren. Und so war das Ende der Firma unaufhaltsam. Auch das Wohnhaus der Familie war hoch belastet und kurz davor, versteigert zu werden. Es hing bereits beim Amtsgericht im Kasten.

Natürlich hätte der Kurt versuchen können, die Angelegenheit zumindest einigermaßen anständig zu Ende zu bringen, schließlich hingen eine Menge Arbeitsplätze von der Firma ab. Aber dazu war er zu feige. Bei einem befreundeten Metzger ließ er einen Bolzenschussapparat samt Treibladung mitgehen. Dann zog er seinen feinsten Zwirn an und öffnete eine sündhaft teure Flasche Wein.

Als er die getrunken hatte, versuchte er, sich umzubringen. Was soll ich sagen, es blieb bei dem Versuch, selbst das hat er nicht fertiggebracht. Eigentlich sollte das ja nicht allzu schwer sein. Er setzte sich das Gerät zwar mitten auf die Stirn und drückte ab, aber er überlebte die Sache. Vermutlich hat er das Ding nicht richtig festgehalten.

Man fand ihn und brachte ihn ins Krankenhaus. Der Bolzen hatte zwar die Schädeldecke durchschlagen und auch einiges beschädigt, aber man flickte ihn wieder zusammen. Körperlich ist er wieder völlig beieinander. Man sieht lediglich eine Delle auf der Stirn, aber geistig ist doch einiges zurückgeblieben. Man merkt das nicht sofort, aber wenn man sich länger mit ihm unterhält, ist das offenkundig. Seitdem hat er eine panische Angst zu verarmen. Er glaubt ständig, man wolle ihm etwas wegnehmen.

Nun zu der Inge. Man könnte glauben, sie würde völlig zusammenbrechen und dass die nach all dem Erlebten nie mehr auf die Füße kommen würde. Aber das Gegenteil war der Fall. Befreit von ihren dominanten Eltern, blühte sie richtig auf und wurde innerhalb kurzer Zeit eine charmante, bildhübsche Frau.

Der Rest der Geschichte ist schnell erzählt. Irgendwann war dieser Frank Schmidt da. Wie im Märchen, wo aus dem Nichts ein Ritter auf einem weißen Pferd auftaucht. Niemand weiß so genau, woher er kam und was er so gemacht hat, aber er schien Geld zu haben. Er heiratete die Inge und nahm auch deren Namen an. Schmidt war wohl kein Alleinstellungsmerkmal, obwohl man mit diesem Namen Bundeskanzler werden kann, und zwar kein schlechter. Er bewahrte das Wohnhaus vor der Zwangsversteigerung. Dem alten Kurt richteten sie eine Einliegerwohnung im Untergeschoss ein. Der kommt auch recht gut allein zurecht und ist so eine Art Hausmeister mit Familienanschluss. Seit etwa einem Jahr betätigt sich der Frank Oberender politisch mit seiner neuen Partei, der WS, und ich prophezeie euch, wir werden noch einiges von ihm hören."

„Eine schöne Geschichte", sagte Leyendecker, „danke für die ausführlichen Informationen, Karlchen."

„Das ist doch keine schöne Geschichte", widersprach Ulla, „die ist tieftraurig. Mein Gott!

Mit einem Schussapparat, mit dem sonst Rinder und Schweine getötet werden!"

„Ich glaube auch damals schon nicht mehr. Macht man das nicht inzwischen mit Strom?" Karlchen war sich da nicht sicher. „Vermutlich war das Gerät ein Relikt aus der Vergangenheit."

„Was bedeutet eigentlich WS?", erkundigte sich Ulla.

„Das WS steht für WIR SELBST", erklärte Karlchen.

„Das hat er bei den Nordiren geklaut", stellte Leyendecker fest. „Die Sinn Fein, die Partei, die von den meisten katholischen Nordiren gewählt wird."

Als die beiden nach Hause kamen, saß Balboa auf der Treppe und machte einen verstörten Eindruck. „Du Armer", bedauerte Ulla ihn. „Hat man dich wieder rausgeekelt?"

„So kann es einem gehen", erklärte Leyendecker. „Da ist man jahrelang der Platzhirsch. Dann kommt ein anderer, und man ist auf einmal abgemeldet. Willst du mit uns kommen? Du hast doch sicher Hunger."

Der alte Kater hatte ihn sofort verstanden und lief zur Wohnungstür.

„Du bleibst hier der Platzhirsch, Christoph", sagte Ulla lachend, während sie dem Kater folgten.

Balboa rannte sofort zum Kühlschrank.

„Frisst der Kleine dir alles weg?", erkundigte sich Leyendecker. „Mal sehen was wir für dich haben? Wäre ein Stück Leberwurst genehm?"

Der Kater maunzte zustimmend und trampelte ungeduldig mit den Pfoten.

„Jetzt ist mir nach einem kühlen Bier", stellte Leyendecker fest. „Für dich auch, Ulla?"

„Ein Bier wäre schon recht, vielleicht auch zwei. Aber sag mal, eigentlich sollte ich doch morgen diesen Oberender aufsuchen. Schließlich bin ich die Kriminale, du als Dienststellenleiter müsstest dich doch eher um das Administrative kümmern."

„Ich vergesse das immer wieder. Selbstverständlich stimme ich dir zu. Du befragst unseren Parteivorsitzenden gleich morgen. Ich bin gespannt, was dabei herauskommt."

Kapitel 4

Ulla hatte erwartet, dass der Mann größer wäre, kannte sie Frank Oberender doch bisher nur aus der Zeitung. Aber der Mann, der ihr öffnete, war gerade einmal mittelgroß. Aber er strahlte eine ungeheure Selbstsicherheit aus. Außerdem konnte man sofort erkennen, dass man hier einen durchtrainierten, sportlichen Menschen vor sich hatte, ohne dass er besonders muskulös erschien. Aber seine Bewegungen waren kraftvoll und elegant. Seine braunen Haare waren kurz geschnitten, ein schmales Gesicht mit auffallend freundlich blickenden blauen Augen. Er reichte ihr die Hand: „Hallo Frau Stein, kommen Sie doch herein."

„Sie kennen mich?", fragte sie, während sie ihm in ein Zimmer folgte, das offenbar als Büro diente. An der linken Wand standen weiß lackierte Schränke. Auf der rechten Seite ein Schreibtisch, der komplett aus Acrylglas gefertigt war, darauf lagen lediglich einige Schriftstücke, die das Emblem der WS erkennen ließen. Das weiße Zeichen auf rotem Grund erinnerte Ulla an die geöffneten Hände, die in Frankfurt und Berlin als Zeichen der Luftbrücke stehen, nur dass die beiden Symbole hier verzahnt waren. Dahinter stand ein Bürostuhl in schwarzem

Leder, davor zwei lederbezogene Freischwinger aus Edelstahl.

„Wer kennt Sie nicht?", erwiderte er und deutete auf einen der beiden Stühle. „Sie sind hier so etwas wie eine Berühmtheit. Ihr letzter Fall war ja durchaus spektakulär. Ich freue mich, Sie einmal persönlich kennenzulernen. Bitte nehmen Sie doch Platz."

Ulla zögerte zunächst, der Aufforderung Folge zu leisten. Ihr fiel ein Bild ins Auge, das an der Wand hinter dem Schreibtisch angebracht war. Das Ölgemälde war das einzige Bild in dem gesamten Raum. Es war etwa eins zwanzig mal achtzig groß, in einem schlichten dunklen Holzrahmen und zeigte einen Park oder Garten mit allerlei blühenden Pflanzen. In diesem Garten stand eine dunkelhaarige, junge Frau. Sie war vorwiegend von hinten zu sehen und bewunderte gerade einen blühenden Rosenstrauch, wobei sie den Kopf zur Seite neigte, sodass man etwas von ihrem Profil erkennen konnte. Sie trug ein gelbes Kleid und einen weißen Hut. Es handelte sich unverkennbar um das Gemälde eines Impressionisten. „Ist das etwa ein ...?"

„Nicht wahr, ein herrliches Gemälde", unterbrach Oberender sie, „ich kann mir denken, welchen Maler Sie damit verbinden. Aber den könnten wir uns dann doch nicht leisten. Nein, es ist auf der Rückseite bezeichnet und datiert. Es ist von 1955. Auch damals gab es schon Leute ähnlich wie Kujau oder Beltraki, die sehr gut im Stil anderer Maler arbeiten konnten. Vielleicht war dieser Maler sogar noch besser."

„Faszinierend", bemerkte sie, als sie sich setzte.

Gerade als sie Platz genommen hatte, ging die Tür auf und ein etwa sechzig Jahre alter Mann betrat das Zimmer. Er wirkte gepflegt und fit. Lediglich die Einbuchtung in der Mitte der Stirn erinnerte Ulla an Bergers Erzählung. Der Mann trat hinter den Schreibtisch und flüsterte Oberender etwas ins Ohr.

„Nein Kurt", antwortete der, „du brauchst keine Angst zu haben. Die Dame will uns nichts wegnehmen. Jetzt lass uns aber bitte allein."

Kurt Oberender lächelte und verließ wortlos das Zimmer.

„Verzeihen Sie", entschuldigte sich Oberender. „Mein Schwiegervater. Er ist etwas eigen. Was kann ich denn nun für Sie tun?"

Ulla reichte ihm ein Bild Robert Jordans. „Wir suchen diesen Mann. Er ist seit dem Katharinenmarkt verschwunden."

Oberender schaute sich das Bild genau an. „Irgendwie kommt der mir bekannt vor. Ja richtig, ich erinnere mich, davon in der Zeitung gelesen zu haben. Das ist doch dieser Amerikaner. Hat man den immer noch nicht gefunden? Darf ich fragen, warum Sie gerade zu uns kommen? Oder befragen Sie alle Bürger Hachenburgs?"

„Ja, der Mann ist immer noch verschwunden. Ehrlich gesagt, haben wir noch keine Spur von ihm. Natürlich können wir nicht jeden befragen. Aber hier vorne auf der Straße wurde Robert Jordan zum letzten Mal gesehen oder besser gesagt, fotografiert."

„Ein seltsamer Zufall. Tut mir leid, dass ich Ihnen nicht weiterhelfen kann. Ich habe den Mann nie gesehen, zumindest nicht persönlich, aber warten Sie, ich frage meine Frau. Er ging zur Tür und rief: „Inge, kannst du bitte mal kommen!"

Kurz darauf erschien eine hübsche, blonde Frau in einem grauen Wollkleid. Sie hatte eine weiße Schürze umgebunden. In den etwas höheren Schuhen war sie etwa genauso groß wie ihr Mann. Auf Befragen erklärte auch sie, dass sie den Amerikaner nie gesehen hätte, und entschuldigte sich gleich wieder, sie müsse noch das Mittagessen vorbereiten.

Ulla erschien das alles durchaus glaubhaft, und sie wollte sich gerade verabschieden.

„Sie haben doch von unserer Partei gehört?", fragte Oberender, „eine so attraktive Frau, dazu noch eine Polizeibeamtin, würde sehr gut zu uns passen."

„Lassen Sie mal", wehrte sie ab. „Ich habe nicht die Absicht, mich politisch zu betätigen. Außerdem kenne ich Ihre Partei dafür doch zu wenig."

Das ließ ihr Gegenüber aber nicht gelten. „Daran krankt unsere Gesellschaft. Es gibt zu viele Leute, die etwas zu sagen hätten, und ich bin sicher, Frau Stein, Sie hätten sehr wohl etwas zu sagen, die sich trotzdem weigern, Farbe zu bekennen und politische Verantwortung zu übernehmen. Wie sollen wir sonst unser Land verändern. Und der Einwand, dass Sie unsere Partei zu wenig kennen, lässt sich doch schnell ändern. Wir befinden uns zwar noch im Aufbau und ein festgeschriebenes Parteiprogramm gibt es daher noch nicht, aber wir haben bestimmte Ziele, an denen wir uns orientieren. Wäre es Ihnen nicht auch lieber, wenn durch gewisse Maßnahmen die Kriminalität eingeschränkt werden könnte?"

„Und wie stellen Sie sich das vor?", fragte sie nach.

„Es gibt da viele Möglichkeiten. Ich möchte Ihnen ein Beispiel nennen: Seit es in England an den meisten öffentlichen Plätzen und in der U-Bahn flächendeckend Überwachungskameras gibt, sind die Straftaten dort stark zurückgegangen. So gäbe es viele Maßnahmen, von denen die meisten so gut wie gar nicht wahrgenommen, oder lediglich als kleine Belästigungen empfunden würden."

„Sehen Sie, da ist das Problem, diese kleinen Belästigungen, wie Sie das nennen, würden die individuelle Freiheit eines jeden einschränken. Und ist nicht diese individuelle Freiheit des Einzelnen oberste Prämisse eines freiheitlich demokratischen Rechtstaates?"

„Von welcher Freiheit reden Sie, Frau Stein? Wessen Freiheit ist denn zu schützen? Die Freiheit derer, die einen wehrlosen Mann zusammenschlagen? Oder muss nicht gerade die Freiheit dieses Wehrlosen geschützt werden, die Verfolgung der Täter nützt dem Mann nämlich herzlich wenig, wenn er im Krankenhaus liegt. Wenn die Täter dann gefasst werden, wird ihm häufig noch die Genugtuung versagt, dass die eine gerechte Strafe erhalten, weil für die Täter alle möglichen Rechtfertigungsgründe gefunden werden. Ehrlich gesagt, pfeife ich auf diesen Rechtsstaat." Oberender merkte selbst, dass er sich zu sehr in Rage geredet hatte. „Verzeihen Sie, Frau Stein. Manchmal geht es mit mir durch. Aber wir sollten dieses Gespräch irgendwann einmal vertiefen. Ich würde mich sehr freuen. Jedenfalls danke ich Ihnen für Ihre Zeit."

Ulla erhob sich. „Ich lasse Ihnen meine Karte hier. Sofern Ihnen zu dem Verschwundenen noch etwas einfällt, melden Sie sich bitte."

Oberender begleitete sie zu Haustür. „Ich hoffe, ich bin Ihnen nicht zu nahe getreten. Auf Wiedersehen."

Karl Bergers Schicht begann erst nachmittags. Er war aber trotzdem relativ früh aufgestanden. Das tat er meist, sofern er nicht gerade Nachtschicht hatte. Trotzdem konnte sich der Körper kaum an einen vernünftigen Rhythmus gewöhnen. Aber das war nun mal so und wohl nicht zu ändern. Ein Nachteil, mit dem er nun so viele Jahre leben musste. Das war ihm aber klar gewesen, als er den Beruf des Polizeibeamten gewählt hatte. Bevor er jedoch die vorgesehenen Einkäufe erledigen konnte, benötigte er noch Geld. Er war noch von einer Generation, die bevorzugt bar bezahlte und nicht die Karte verwendete. Lange würde er das wohl nicht mehr können, denn die Bestrebungen, das Bargeld abzuschaffen, waren unverkennbar. In einigen Ländern Europas, wie Dänemark, war der Bargeldverkehr ja kaum noch vorhanden. Unter Sicherheitsaspekten durchaus ein Vorteil, denn die Überfälle auf Super- oder Elektromärkte würden wohl bald der Vergangenheit angehören. Dagegen war die Kriminalität im World Wide Web immer mehr auf dem Vormarsch. Jetzt, so Mitte des Monats, müsste sich noch genug Geld auf dem Konto befinden.

Er wollte gerade die Sparkasse betreten, als ein ohrenbetäubender Knall ertönte, gefolgt von einer Druckwelle, die Qualm, Schmutz, Plastik und Papierfetzen, aber wohl auch diverse Metallteile, an ihm vorbei in Richtung Kreisel fegte.

Berger wurde kurz durchgeschüttelt. Außerdem drangen ihm Qualm und Staub in die Augen. Er brauchte daher einen kurzen Moment, bevor er die wenigen Stufen der Treppe hinabeilte und in der Tilmannstraße die Ursache dieses Infernos erblickte. Nur wenige Meter entfernt stieg schwarzer Rauch aus den Resten eines Kleinwagens. Der danebenstehende Geländewagen, oder war es ein SUV, so genau konnte man das heute nicht mehr sagen, war auch beschädigt und hatte bereits Feuer gefangen. Der Fahrer, war das nicht dieser Oberender, konnte aber noch die Fahrertür aufhebeln, indem er sich unter größter Kraftanstrengung dagegen warf. Scheinbar unverletzt verließ er das Fahrzeug, da explodierte dieses auch schon. Berger konnte sich gerade noch hinter der Hausecke der Sparkasse in Sicherheit bringen, bevor eine erneute Druckwelle an ihm vorbeizog.

Umgehend griff er zum Telefon und rief den Notruf an. „Explosion in der Tilmannstraße! Die Straße muss sofort abgesperrt werden! Schickt einen Wagen zum Busbahnhof und einen zur Post! Verletzte kann ich zunächst keine erkennen, alarmiert trotzdem Notarzt und Rettungswagen!"

Berger hatte ja schon viel erlebt, aber ein solches Chaos mitten in der Stadt noch nicht. Die beiden Autos waren kaum noch als solche zu erkennen. Die kleine Straße war mit Stahl, Glas und Kunststoff übersät. Die Schaufenster der angrenzenden Geschäfte waren infolge der Druckwellen geborsten. Aus dem Bestattungsunternehmen kamen zaghaft zwei ältere, schwarz gekleidete Frauen. Sie schienen unverletzt zu sein, auch wenn ihnen der Schreck in die Gesichter geschrieben war.

Da hörte er auch schon die Sirenen der Streifenwagen. Kurz darauf hielt der eine ausgangs des Kreisels neben dem Havannahaus, und der andere sperrte die Straße in Höhe des Fotogeschäfts.

„Nur absperren!", rief Berger, „den Rest machen die Spezialisten! Und seht nach, ob es Verletzte gibt. Außer vom Team des Krankenwagens kommt hier keiner mehr raus oder rein. Weiß der Chef Bescheid?"

„Der Knall war ja bis zur Dienststelle zu hören, und die von der Wache werden ihn ja wohl benachrichtigt haben, wo es geknallt hat."

Kurz darauf erschien Leyendecker auch. Er sah sofort, dass das doch eine Nummer zu groß für seine kleine Dienststelle war. Ihm erschien es sinnvoll, sofort das LKA einzuschalten, obwohl sich damit einige Kollegen, insbesondere die Koblenzer, wohl übergangen fühlten. Er griff zum Handy und hatte gleich darauf seinen alten Freund und Weggefährten Jörg Hacker am Apparat.

„Schwere Explosion zweier Fahrzeuge hier bei uns mitten in der Stadt. Kein Unfall, ich wette, dass hier Sprengstoff im Spiel war. Ich glaube, es gibt keine Verletzten."

„Ihr da in Hachenburg lasst aber auch nichts aus", entgegnete Hacker. „Lasst alles so, wie es ist! Ich schicke ein Team, aber das wird wohl zwei Stunden dauern."

Natürlich wollte Leyendecker alles so lassen, wie sie es vorgefunden hatten. Nur so konnten sich die Kollegen aus Mainz ein wirkliches Bild machen. Das hieß aber nicht, dass er bis dahin die Hände in den Schoß legen konnte, denn die Tat war ja eben erst geschehen, und möglicherweise war der Täter ganz in der Nähe gewesen. Er rief Berger zu sich.

„Hast du irgendetwas bemerkt, was uns dem Täter näher bringen kann?"

Karlchen zuckte mit den Achseln. „Ehrlich gesagt, eher nicht. Ich stand da vor der Sparkasse, dann war da dieser Knall und gleich darauf kam auch schon die Druckwelle. Ich war total verdattert. Es hat aber nicht lange gedauert, bis ich die Straße eingesehen konnte. Außer dem Oberender, der den Geländewagen gefahren hat, der nach dem Kleinwagen explodiert ist, habe ich keinen gesehen. Der schien unverletzt zu sein und konnte sich selbst aus dem Wagen befreien. Gerade noch rechtzeitig, denn dann kam auch schon die zweite Explosion. Der Kerl hat verdammtes Glück gehabt. Es ist ohnehin ein Wunder, dass bei der Explosion niemand zu Schaden gekommen ist. Außer Oberender habe ich keinen gesehen."

„Vielleicht eine Zeitschaltuhr oder ein Druckauslöser", mutmaßte Leyendecker, „das werden die Spezialisten feststellen. Ich nehme an, Oberender ist im Haus."

„Richtig", bestätigte Karlchen. „Ich glaube, der hat einen gehörigen Schrecken bekommen."

„Ich werde mal hören, ob er etwas bemerkt hat."

Leyendecker überquerte vorsichtig die Straße. Es hätte noch gefehlt, dass er sich eines dieser scharfkantigen Blechteilchen in den Fuß getreten hätte. Gerade als er den Hof betrat, ging die Haustür auf.

Der Hausherr, den Leyendecker bisher nur aus der Zeitung kannte, kam im entgegen. Oberender machte in keiner Weise einen verstörten Eindruck. Er schien wirklich gute Nerven zu haben. Lächelte der etwa verächtlich? „Hallo Herr Leyendecker", grüßte er und reichte Leyendecker die Hand. „Mein Name ist Oberender. Schön, dass wir uns einmal kennenlernen, auch wenn die Umstände etwas widrig sind. Wie kann ich Ihnen helfen?"

Etwas widrig schien Leyendecker nicht die richte Beschreibung der Situation zu sein. „Etwas widrig ist wohl untertrieben. Aber auch unter diesen Umständen freut es mich, ihre Bekanntschaft zu machen. Aber genug der Vorrede. Was ist passiert?"

„Das ist schnell erzählt. Ich hatte gerade den Hof verlassen, da ging dieser Kleinwagen hoch. Eindeutig Sprengstoff. Möglicherweise eine Landmine, aber das werden ihre Leute schon feststellen."

„Sie verstehen etwas davon?", erkundigte sich Leyendecker.

„Ich war beim Militär. Da hat man mit so was schon einmal zu tun."

Daher also die stoische Ungerührtheit seines Gegenübers. Leyendecker war sich sicher, dass sein Gesprächspartner kein normaler Gefreiter gewesen war. „Erzählen Sie doch weiter", forderte er.

„Das ist fast schon alles. Ich konnte gerade noch meinen Wagen verlassen, bevor dieser dann auch hochging."

„Haben Sie irgendetwas bemerkt?"

„Nicht wirklich, ich habe mich eher darauf konzentriert, aus dem Wagen herauszukommen, doch warten Sie, als ich das Auto verließ, habe ich aus den Augenwinkeln diesen großen, kräftigen Mann gesehen. Er steht da vorne."

„Das ist ein Kollege", erläuterte Leyendecker, „der in seiner Freizeit zufällig vor Ort war. Außer Ihnen bisher unser einziger Zeuge. Sonst haben Sie also nichts bemerkt?"

„Da war sonst nichts, ansonsten hätte ich etwas davon mitbekommen. Ich bin eigentlich ein ganz guter Beobachter."

Daran zweifelte Leyendecker nicht. Jeder andere wäre bei einem solchen Ereignis doch zumindest etwas nervös gewesen. Aber dieser Mann war kalt wie eine Hundeschnauze. „Haben sie eine Erklärung. Wir können ja wohl davon ausgehen, dass der Anschlag Ihnen galt. Das war doch kein Zufall."

Oberender schüttelte den Kopf. „Ein Zufall war das sicher nicht, aber mit einer Erklärung kann ich nicht dienen."

„Haben Sie Feinde?"

„Ach wissen Sie, Herr Leyendecker. Viel Feind, viel Ehr. Jemand in meiner Position erhält natürlich die eine oder andere Drohung, aber ernst nehmen kann man die doch nicht. Das sind doch alles Spinner."

„Wie äußern sich diese Drohungen?"

„Da sind einmal diese bekloppten Anrufe, aber auch der eine oder andere Brief und einige E-Mails."

„Immer der gleiche Anrufer?"

„Ach was, mal der mal der, und die Briefe wurden auch nicht von der gleichen Person geschickt. Auch wenn da kein Absender draufstand, erkennt man das trotzdem."

„Die Briefe sollten Sie trotzdem den Kollegen vom LKA geben. Man kann nie wissen."

„Die sind längst vernichtet. Dieses Geschmiere ist es doch nicht wert, dass man es aufbewahrt."

„Die E-Mails werden unsere Spezialisten mit Sicherheit rekonstruieren können."

„Ich glaube nicht, dass ich denen so ohne Weiteres meinen Computer überlassen werde. Schließlich befinden sich darauf vertrauliche Dokumente."

„Ich denke, meine Kollegen oder ich werden in den nächsten Tagen noch einmal mit Ihnen reden müssen."

„Ich stehe jederzeit zu Verfügung." Mit einer leichten Verbeugung verabschiedete sich Oberender und ging in sein Haus zurück.

Leyendecker hatte aber durchaus den Eindruck, dass er von dort das Geschehen weiter beobachtete.

Gerade als die Leute vom LKA eintrafen, meldete sich Leyendeckers Handy. Er sah auf dem Display, wer der Anrufer war. „Hallo Jörg, eure Leute treffen gerade ein. Was hast du mir mitzuteilen?"

„Du wirst dich wundern, Christoph, genau wie ich. Der Fall wurde uns entzogen, die Kollegen von Wiesbaden sind jetzt zuständig."

Das war schon erstaunlich, dass das BKA den Fall an sich gezogen hatte. Deshalb fragte Leyendecker nach: „Woher kommt denn das? Wie haben die so schnell davon erfahren?"

„Da fragst du mich zu viel", antwortete Hacker. „Ich habe denen jedenfalls keine Meldung gemacht. Die haben irgendwas von Terrorismus und Bundesanwalt erzählt. Alles sehr dubios und undurchsichtig. Jedenfalls sollen unsere Leute den Tatort untersuchen und die Ergebnisse dem BKA melden. Alles andere übernehmen die."

„Höchst seltsam", wunderte sich Leyendecker, „aber meinetwegen, wir haben auch so genug zu tun. Die sollen sich nur nicht einbilden, dass wir hier die Laufburschen für sie machen. Dann ist für mich jetzt hier Feierabend. Wir sehn uns."

„Er ging zu Berger und unterrichtete ihn kurz über den Sachverhalt. „Sperrt hier alles vernünftig ab. Danach haben wir nichts mehr mit der Sache zu tun."

Kurz darauf klingelte sein Handy erneut. Danika Adler, eine alte Bekannte Leyendeckers, meldete sich. Die Reporterin eines Kölner Boulevardblattes hatte Leyendecker bei seinem letzten Fall sehr geholfen. Das war aber durchaus auch zu ihrem Vorteil gewesen, hatte sie doch dadurch einen gewissen Informationsvorsprung bekommen, den sie auch durchaus genutzt hatte. Leyendecker war zunächst verwundert, wie schnell sie jetzt schon wieder von der Explosion erfahren hatte. Bei näherem Nachdenken war das jedoch nicht weiter erstaunlich, denn viele riefen bei solchen Anlässen die Redaktionen dieser Blätter an, und manchmal zeigten die sich auch erkenntlich. Eigentlich hätte Leyendecker ihr gerne ein paar Informationen gegeben, aber er wusste, er würde in Teufels Küche kommen, wenn morgen in der Zeitung stünde, dass das BKA in Hachenburg wegen Terrorismusverdachts ermittelte. So beschränkte er sich auf einige vage Informationen und erklärte, dass er nicht zuständig sei, was wiederum Adlers Neugier anstachelte. Aber diesmal blieb er hart.

Der Fall war ihm ja nun entzogen worden. Trotzdem konnte er es sich nicht verkneifen, in den verschiedenen Datenbanken der Polizei nachzusehen, ob dort über diesen Oberender etwas gespeichert war. Zu seiner Überraschung musste er feststellen, dass ihm allzu oft der Zugriff verweigert wurde. Ständig erschien dort: *Verschlusssache.* Was hatte das wohl zu bedeuten?

Er informierte Ulla über den neusten Stand der Angelegenheit. „Wir sind raus", erklärte er. „Aber wir haben ja da noch diesen Amerikaner, dessen letzter bekannter Aufenthalt in der Tilmannstraße war. Niemand kann uns hindern, diese Sache weiter zu verfolgen."

„Glaubst du, Jordans Verschwinden und diese Explosion stehen in irgendeinem Zusammenhang?", fragte Ulla.

„Ich kann mir das nicht vorstellen, aber seltsam ist das alles irgendwie schon. Der Teufel ist ein Eichhörnchen."

Den Rest des Tages verbrachte Ulla damit, die Protokolle der Befragungen in Sachen Jordan zu lesen. Neue Erkenntnisse ergaben sich daraus allerdings nicht. Niemand konnte etwas über den Verbleib des Amerikaners sagen.

Am Abend erwartete sie wieder Balboa. Offenbar hatte er sich immer noch nicht mit seinem neuen Mitbewohner angefreundet. Vermutlich hätte er dem kleinen Kerl gerne einmal gezeigt, dass er der Herr im Haus sei. Aber auf seinen aufgeplusterten Schwanz und die gesträubten Nackenhaare reagierte der Kleine eher belustigt. Mehr konnte Balboa allerdings nicht tun, denn Schmeling genoss noch Welpenschutz. Aber Ulla und Christoph gewährten ihm ja gerne Asyl.

Kapitel 5

Auf dem Parkplatz standen eine Mercedes Limousine und ein schwarzer Kleintransporter mit abgedunkelten Scheiben. Die Herrschaften des BKA waren also angekommen. Eigentlich hätte Leyendecker sie bereits gestern erwartet.

Drinnen waren alle in heller Aufregung. „Gut, dass Sie endlich kommen", empfing die Sekretärin sie, „vielleicht können Sie denen ja Einhalt gebieten. Die stellen hier alles auf den Kopf."

Da kam auch schon eine hochgewachsene, kurzhaarige Blonde im grauen Hosenanzug auf sie zu. Hinter ihr trottete ein älterer Herr mit einem grauen Schnurrbart und langen grauen, gelockten Haaren. Er war mit einer beigen Baumwollhose, einem weißen Hemd und einer grauen Strickweste bekleidet.

Die Blonde gab zuerst Ulla und dann Leyendecker die Hand. „Kleinhans vom BKA", stellte sie sich vor und warf den Kopf affektiert in den Nacken, „das ist mein Kollege Merkler. Hoffentlich kommt endlich mal jemand, der hier etwas zu sagen hat. Wir haben hier keine Zeit zu vergeuden. Die Organisation hier lässt doch sehr zu wünschen übrig." Offenbar war ihr nicht bewusst, dass sie sich hier auf fremdem Terrain bewegte.

Leyendecker hatte schon viele dieser resolut auftretenden jungen Leute erlebt, die damit ihre Unsicherheit kaschieren wollten. Johannes Dietrich Wipper hatte die immer als die Herren in den bunten Röcken bezeichnet. Wie es schien, gab es diese Spezies auch vom anderen Geschlecht. „Ihnen auch einen schönen guten Morgen", entgegnete er lächelnd. Mein Name ist Leyendecker, ich bin der Leiter dieser Dienststelle, und das ist meine Kollegin, Frau Stein. Bisher war ich eigentlich mit der Organisation hier ganz zufrieden. Was können wir denn für Sie tun?"

Es war recht einfach, die junge Dame zu verunsichern. Sein freundliches guten Morgen hatte sie doch etwas aus dem Tritt gebracht, aber nach einem kurzen Zögern hatte sie sich anscheinend wieder gefangen und erklärte fordernd: „Wie Sie ja wissen, untersuchen wir den Anschlag des gestrigen Vormittags. Wir benötigen als Erstes einen großen Raum mit dem dazugehörigen Mobiliar, Schreibtische, Beistelltische und so weiter. Natürlich müssen Anschlüsse für unsere EDV vorhanden sein. Das Ganze sollte doch etwas zügig gehen. Ich brauche Ihnen ja sicher nicht zu erklären, dass die ersten Stunden oder Tage die wichtigsten bei einer Ermittlung sind."

Es schien nun doch an der Zeit, etwas deutlicher zu werden und die junge Frau in ihre Schranken zu verweisen. „Darin stimme ich Ihnen voll und ganz zu. Umso verwunderlicher ist, dass bereits der ganze gestrige Tag verstrichen ist, weil man uns ohne eine Erklärung von dem Fall abgezogen hat."

„Ich glaube, wir sind Ihnen keine Erklärung schuldig", entgegnete sie schnippisch. „Das ist alles mit Ihren vorgesetzten Dienststellen abgesprochen. Also, was ist, bekommen wir jetzt das Zimmer?"

Kein guter Anfang dachte Leyendecker. Aber es kümmerte ihn nicht sehr. Sollten die doch machen, was sie wollten. Allerdings konnte er nicht akzeptieren, dass die sich hier als seine Vorgesetzten aufspielten. Trotzdem blieb er ruhig und höflich. „Sie verkennen, dass das hier eine kleine Dienststelle ist. Wir haben hier keine freien Zimmer und auch kein Mobiliar zur Verfügung. Wie sollten wir auch, bei den ohnehin knapp bemessenen Mitteln? Ich glaube, das Bundeskriminalamt ist da üppiger ausgestattet. Aber wenn wir ein wenig zusammenrücken, werden wir sicher noch ein Plätzchen für Sie beide finden."

Kleinhans merkte wohl, dass sie etwas zu forsch aufgetreten war, und ruderte zurück. „Na schön. Fürs Erste genügt uns ein kleineres Zimmer mit Internetanschluss. Alles Weitere wird sich finden."

Die erste Runde ging wohl an Leyendecker. Aber es lag ihm fern, darüber Genugtuung zu empfinden, schließlich mussten die beiden auch nur ihre Arbeit tun, und vermutlich würden sie sich in den nächsten Tagen häufiger über den Weg laufen. Es gab genug, über das man sich jeden Tag ärgern konnte, da war es wenig sinnvoll, hier noch einen Nebenkriegsschauplatz zu eröffnen. Die Fronten waren zunächst einmal geklärt. Er hatte tatsächlich noch das Zimmer des Kollegen frei, der schon seit Monaten krankfeierte. Mit diesem Zimmer mussten sie notgedrungen vorlieb nehmen. Leyendecker fragte sich, wie die ganzen Gerätschaften, die der Tross der Techniker hereinschleppte, darin Platz finden würden. Aber das war ja nun wirklich nicht seine Angelegenheit.

Karlchen kam herein. „Wie ich höre, haben wir hohen Besuch, den will ich mir doch einmal ansehen."

„Hast du sonst nichts zu tun?", antworte Leyendecker, aber das war eher scherzhaft gemeint. „Da hinten im Zimmer sind die beiden. Du kannst sie dir ruhig ansehen. Aber mach es nicht gar zu auffällig."

Kurz darauf kam Berger lachend zurück. „Besetzen die beim BKA ihre Stellen jetzt nach Filmrollen. Es ist kaum zu glauben, aber die junge Dame im Hosenanzug ähnelt doch sehr stark Brigitte Nielsen in Rocky IV, und der Alte sieht doch Walter Matthau als Einstein täuschend ähnlich."

Ulla und Leyendecker lachten mit. „Dann hättest du ja auch noch Karrierechancen dort", erklärte Ulla.

„Fragt sich nur ob als Hulk oder als Shrek", ergänzte Leyendecker.

Karlchen schnappte nach Luft. Dann deutete er erst auf Leyendecker und dann auf Ulla und prustete er los: „Das war gut. Die Runde geht an euch, aber jetzt muss ich los, sonst bekomme ich Ärger mit dem Dienststellenleiter. Das ist ein ganz Scharfer."

„Müsste man nicht vielleicht das Haus der Oberenders beobachten?", fragte Ulla, als Berger das Zimmer verlassen hatte.

„Das ist nun nicht mehr unsere Entscheidung. Darum können die sich kümmern. Ganz abgesehen davon hätten wir gar nicht die Kapazitäten dafür."

„Heißt das jetzt, du willst wirklich alles den Leuten vom BKA überlassen?"

„Wir lassen sie in dem Glauben. Aber das ist unsere Stadt. Da kann man uns den Fall nicht einfach wegnehmen. Wir müssen uns aber mehr im Hintergrund halten und es denen nicht auf die Nase binden. Es kann ja nichts schaden, wenn ab und zu mal eine Streife durch die Straße fährt. Das kann uns keiner verbieten, und wer will schon entscheiden, ob wir uns wegen des Amerikaners oder wegen der Sprengung dort aufhalten."

„Ich werde mir gleich einmal die Örtlichkeit näher ansehen", erklärte Ulla. „Unmittelbar nach der Explosion war ich ja nicht vor Ort."

Die folgenden Stunden erhielt Leyendecker zahlreiche Anrufe, die sich alle mehr oder weniger um den Sprengstoffanschlag drehten. Wann man seinen in der Tilmannstraße abgestellten PKW wieder abholen könne? Ob der Glaser die beschädigten Schaufensterscheiben auswechseln dürfe? Wer denn den Ausfall bezahle, weil das Geschäft geschlossen bliebe? Es bereitete Leyendecker diebische Freude, diese Anrufe an die Kollegen vom Bundeskriminalamt weiterzuleiten.

Einen Anruf ließ er jedoch zu sich durchstellen.

„Das hast du nun davon, Leyendecker", meldete sich eine wohlbekannte Stimme.

„Hallo Siggi", antwortete Leyendecker. „Was habe ich wovon?"

„Du warst es doch, der dieser Amerikanerin den Floh ins Ohr gesetzt hat, dass ich nur hinter ihrem Geld her sei. Wie kommst du dazu? Das ist Verleumdung."

„Das stimmt allerdings, ich habe sie vor deinen Geschäftspraktiken gewarnt. Ich kenne dich schließlich."

„Das sage ich doch. Wenn man mit meiner Hilfe den Amerikaner gefunden hätte, wäre es gar nicht zu diesem Bombenanschlag gekommen."

„Das musst du mir schon näher erklären, Siggi. Ich bin manchmal etwas schwer von Begriff."

„Das liegt doch auf der Hand, das solltest selbst du kapieren."

„Hilf mir bitte auf die Sprünge."

„Das ist doch klar. Der verschwundene Amerikaner hat die Bombe gelegt."

„Diesen Aspekt haben wir tatsächlich noch nicht in Erwägung gezogen."

„Siehst du! Gut, dass ich dich angerufen habe. Sagst du der Amerikanerin jetzt Bescheid, dass ich mir die Belohnung abholen kann?"

„Wenn ich mich recht erinnere, war die Belohnung für Hinweise ausgesetzt, die zum Auffinden von Robert Jordan führen."

„Die Hinweise habe ich dir doch eben gegeben. Manchmal bist du aber wirklich schwer von Begriff. Ich wundere mich immer wieder, dass man dich bei der Polizei genommen hat. Komm endlich mal in die Puschen! Schließlich lebst du ja von unseren Steuergeldern."

„Deshalb muss ich auch jetzt auflegen. Schönen Gruß an Fred."

Es klopfte und Esther Jordan betrat sein Zimmer. Sie wirkte übermüdet und blass. Ihre Haut schien durchsichtig zu sein. Die Sache schien ihr doch ganz schön an die Nerven zu gehen. „Ich hoffe,

Sie haben etwas Zeit für mich, Herr Leyendecker."

Leyendecker deutete auf einen der Stühle vor seinem Schreibtisch. „Natürlich habe ich Zeit für Sie, Frau Jordan. Nehmen Sie doch bitte Platz. Kann ich Ihnen etwas anbieten, einen Kaffee oder ein Wasser?"

Sie winkte ab. „Machen Sie sich keine Mühe. Ich wollte mich lediglich erkundigen, was es Neues gibt. Ganz Hachenburg ist ja in heller Aufregung wegen dieser Explosion. Hat die vielleicht etwas mit dem Verschwinden meines Vaters zu tun?"

„Dafür haben wir keinerlei Anhaltspunkte. Leider haben wir keine neuen Erkenntnisse. Ist Ihnen doch noch etwas eingefallen, was uns irgendwie weiterhelfen kann?"

Hilflos schüttelte sie den Kopf. „Leider nein, mir ist das alles nach wie vor rätselhaft."

„Auch wenn wir alles schon einmal gemacht haben, lassen Sie uns den Fall noch einmal von vorne aufrollen. Ich stelle ich Ihnen einfach noch einmal ein paar Fragen, möglicherweise stoßen wir doch auf neue Aspekte."

„Fragen Sie nur", forderte sie ihn auf.

„Seit wann ist Ihr Vater denn in Deutschland?"

„Das waren am Sonntag genau vier Wochen."

„War es ein spontaner Entschluss, nach Deutschland zu reisen?"

„Nein, das hat er länger vorbereitet. Er wollte in der Kanzlei kürzertreten und die Leitung nach und nach an mich übergeben. Jetzt fehlen wir beide dort. Lange kann ich nicht mehr hier bleiben. Mindestens einer von uns wird in der Kanzlei benötigt."

„Was wollte Ihr Vater hier in Deutschland? Hatte er hier Bekannte, die er besuchen wollte? War er zum ersten Mal hier?"

„Soweit ich weiß, hatte er keine Bekannten in Deutschland, und er war zum ersten Mal in diesem Land."

„Was war der Grund? Warum keine Rundreise durch Europa?"

„Seine Großeltern stammten aus Berlin. Seine Mutter wurde dort geboren. Sie kam als kleines Kind mit ihren Eltern in die Staaten. Das war in den dreißiger Jahren des vergangenen Jahrhunderts. Die Stadt interessierte ihn einfach. Er hat öfter davon gesprochen, dass er irgendwann einmal dorthin wolle, und jetzt hat er das einfach gemacht."

„Sie sagen, die Großeltern Ihres Vaters stammten aus Berlin. Bestanden aus dieser Zeit noch irgendwelche Kontakte?"

„Meine Urgroßeltern habe ich nicht kennengelernt. Die sind gestorben, als ich noch nicht geboren war. Meine Großmutter hat nie viel von Deutschland erzählt, aber immer Wert darauf gelegt, dass alle Nachfahren die deutsche Sprache lernten. Aber Kontakte gab es keine nach Deutschland, zumindest keine von denen ich weiß."

„Hatte er bestimmte Ziele hier in Deutschland?"

„Ich weiß nur von Berlin. Wie ich bereits sagte, ich denke, er wollte sich wie jeder andere Tourist die Stadt ansehen."

„Von da kam er ja auch", erklärte Leyendecker. „Was mag ihn dann bewogen haben, nach Hachenburg zu kommen? Wenn wir das wüssten, wären wir ein gutes Stück weiter."

„Sehen Sie, das ist mir auch ein Rätsel. Ich habe noch nie vorher von Hachenburg gehört, und ich bin mir sicher, das ging ihm genauso."

„Und bei dieser Großmutter, die er angeblich gesehen hat. Ging es da um diese Berliner Großmutter?"

„Das wird wohl so sein, Oma Ruth hat er sie immer genannt. Aber die kann er ja wohl kaum gesehen haben. Die liegt ja in Boston auf dem Friedhof."

„Wen kann er denn sonst gemeint haben?", erkundigte sich Leyendecker.

„Ich habe keine Ahnung, das ist es ja gerade!"

„Was können Sie mir denn über diese Oma Ruth sagen?"

„Leider nicht viel. Sie ist 1908 in Berlin geboren. Sie war eine sehr schöne Frau. Es gibt einige Fotos."

Leyendecker hätte gerne gesagt, dass sie das wohl vererbt hätte, aber es schien ihm angesichts der Situation fehl am Platze. „Vielleicht hat er eine Frau getroffen, die dieser Frau ähnlich gesehen hat", sagte er stattdessen, „das wäre immerhin eine Erklärung."

„Aber wieso meldet er sich nicht. Sein Handy ist ausgeschaltet. Im Hotel hat er nicht einmal bescheidgesagt. Er ist ein so korrekter Mensch. Das passt alles nicht zusammen. Ihm muss etwas passiert sein."

Es kommt öfter vor, dass jüngere Frauen älteren Männern den Kopf verdrehen, dachte er, die Handlungen dieser Männer sind dann häufig nicht rational und werden insbesondere von den Angehörigen nicht verstanden. Aber in diesem Fall spürte er, dass mehr dahinter steckte. Er versuchte, hoffnungsvoll zu klingen, obwohl er nicht wusste, was sie noch unternehmen konnten. „Irgendwie wird sich die Sache zum Guten wenden, da bin ich mir ganz sicher." Er wusste selbst, dass er nicht überzeugend klang.

„Ich wünschte, ich könnte Ihren Optimismus teilen. Aber ich will Sie nicht weiter aufhalten." Sie erhob sich und gab ihm die Hand.

„Wir halten Sie auf dem Laufenden", erklärte er. Gerne hätte er der jungen Frau aus Amerika geholfen, aber was sollten sie noch unternehmen. Sie brauchten dringend irgendeinen Anhaltspunkt.

Kleinhans betrat sein Zimmer. „Kann ich Sie stören, Herr Leyendecker?", fragte sie.

Immerhin fragte sie und stellte nicht gleich Forderungen. „Nur zu, Frau Kollegin", antwortete er. „Was kann ich für Sie tun?"

„Ich hätte gern die Berichte von der Demo gegen Oberender. Im Netz haben mehrere linke Gruppierungen zu dieser Demo aufgerufen, und wir glauben, dass einige von denen durchaus gewaltbereit sind."

„Da kann ich Ihnen leider nicht helfen. Von uns wurden keine Berichte verfasst. Die Demonstration wurde von der Bereitschaftspolizei begleitet. Wir waren nur am Rande beteiligt. Das Meiste war dann ja auch heiße Luft."

„Wurden die Demonstranten erkennungsdienstlich behandelt?"

„Wohl kaum. Dafür gab es keinen Anlass. Es verlief alles absolut friedlich. Vielleicht wurden irgendwelche Fotos gemacht, wie das bei Demonstrationen durchaus üblich ist, aber darüber dürften Sie besser Bescheid wissen als ich." Leyendecker war versucht, sich nach den Ergebnissen der Spurensicherung zu erkundigen, aber er wusste, dass die Dame ihn auflaufen lassen würde, und diese Genugtuung gönnte er ihr nicht."

Die BKA-Beamtin war gerade gegangen als Ulla zurückkam. Sie berichtete, dass die Tilmannstraße komplett gereinigt worden sei. Die Spurensicherer hätten die gesamte Straße gekehrt und alles, inklusive der beiden Pkws, mitgenommen.

„Die Leute vom BKA meinen, dass irgendeine linke Gruppierung hinter dem Anschlag stecken würde. Ich halte das für komplett abwegig, aber komm mit, du solltest jemand kennenlernen. Gib mir deinen Schlüssel, ich fahre."

Kapitel 6

Das alte Bauernhaus stand in der Nähe der Nister. Es war eines jener für den Westerwald so typischen Fachwerkhäuser, bei denen sich Wohnhaus, Stall und Scheune unter einem Dach befinden, ein sogenanntes Einfirsthaus. Alles machte einen unaufgeräumten, verwahrlosten Eindruck. Auf dem Hof lagen einige Knüppel Holz. Wie es schien, gesammeltes Treibgut, dürre Hölzer, die man im Wald aufgelesen hatte, oder die dünnen Stämmchen, die man im Hauberg geerntet hatte. Im Bereich der Kroppacher Schweiz gab es noch immer die sogenannten Haubergsgenossenschaften, deren die Mitgliedschaft wurde von Generation zu Generation vererbt wurde.

Das Haus passte sich dem Gesamteindruck an. Es befand sich in einem desolaten Zustand. Der weiße Lack, mit dem man die Fenster einst gestrichen hatte, war abgeplatzt. Teilweise war in den einzelnen Gefachen kaum noch Lehm vorhanden, und man sah die einzelnen Zweige, die den Lehm stabilisieren sollten. Alles war dem Verfall preisgegeben. Falls sich nicht irgendein Romantiker finden würde, der das Haus erwarb, um es zu restaurieren, würde es wohl nur noch wenige Jahre dauern, bis das Bauamt den Aufenthalt in diesem Gebäude wegen Einsturzgefahr untersagte.

Sie gingen über den Hof, der vermutlich einmal mit Basalt gepflastert war. Jetzt ragten nur noch vereinzelt einige dieser grauen Steine aus der lehmigen Erde. Eine Klingel war nicht vorhanden. Leyendecker klopfte mehrfach an die windschiefe Holztür. Dann hörten sie schlurfende Schritte.

Ein Mann, der wohl Mitte der Sechzig war, öffnete. Er trug eine Cordhose mit Hosenträgern und ein kariertes Holzfällerhemd. Er hatte eine ausgeprägte Stirnglatze und strähnige, lange Haare. Er schaute recht grimmig drein, doch dann huschte ein erkennendes Lächeln über sein Gesicht.

„Hallo Jürgen", sagte Leyendecker, „das ist meine Kollegin, Frau Stein."

Der Mann trat einen Schritt zu Seite. „Kommt doch herein. Warum bin ich nicht überrascht, euch zu sehen. Legt eure Jacken irgendwo hin, und sucht euch ein Plätzchen."

Das war nun nicht ganz so einfach, denn das Innere des Hauses stand dem äußeren Anschein nichts nach. Zuerst fiel ein uralter Bollerofen auf, der eine immense Hitze ausstrahlte. Ulla musste bereits husten, denn der Qualm zog nicht richtig ab. Wahrscheinlich war das Holz, mit dem hier geheizt wurde, nicht richtig abgelagert. Es war ohnehin erstaunlich, dass der Kaminkehrer den

Betrieb dieses Ungetüms nicht längst untersagt hatte. Überall lagen wahllos Kleidungsstücke, Zeitungen und Bücher umher. Lediglich der schwere Schreibtisch mit dem darauf stehenden Computer wirkte einigermaßen aufgeräumt. Sie mussten zwei Stühle freiräumen.

„Wussten Sie, Frau Stein, dass ich Christoph die ersten Gitarrengriffe beigebracht habe. Er war in einer Klasse mit meiner kleinen Schwester. Spielst du noch? Hast du Lust, einen Dillon-Song vielleicht? Ich hätte zwei Gitarren da."

„Lass mal", wehrte Leyendecker ab, „ich bin etwas eingerostet. Ein andermal bestimmt. Warum bist du nicht überrascht, uns zu sehen?"

„Man hört so einiges."

„Was hört man?", fragte Leyendecker.

„Man hört, man habe dich kaltgestellt. Man habe dir zwei Leute vom BKA vor die Nase gesetzt."

„Da könntest du richtig gehört haben. Und was hört man sonst?"

„Nichts sonst. Ich bin ein alter Mann. Mir sagt doch keiner was."

Leyendecker wandte sich an Ulla. „Er glaubt selbst nicht, was er da sagt. Dieser Mann ist eine Ikone der linken Bewegung. Er soll in den Siebzigern an so mancher nicht ganz astreinen Sache beteiligt gewesen sein. Man konnte ihm nie etwas beweisen, sonst wäre er vermutlich im Knast gelandet. Und er ist heute noch über alles informiert, was hier in der Gegend in dieser Szene läuft."

„Glauben Sie ihm nicht, Frau Stein, Christoph übertreibt maßlos," schaltete sich Jürgen ein. „Tatsache ist, dass ich ein Opfer des Systems bin. Sehen sie, ich war bekennendes Mitglied der DKP und bin heute noch Kommunist, das haben mir viele übel genommen. Und da war dann dieser unsägliche Radikalenerlass. Ich habe dadurch alles verloren, vom Job bis zur Freundin. Kein Hund hat auch nur einen Bissen Futter von mir angenommen. Ich hätte schon Grund gehabt, mich militanten Gruppen anzuschließen, aber ich kann Ihnen versichern. Ich war nie an etwas beteiligt, bei dem ein Mensch verletzt wurde. Ich habe lange gebraucht, mit all dem fertig zu werden, aber heute habe ich es hinter mir. Wie sang Janis: *Freedom´s just another word for nothing´ left to lose.*"

"Wir haben alle etwas zu verlieren, auch du, Jürgen", unterbrach ihn Leyendecker. „Aber wir sind nicht hier, um die Vergangenheit neu aufzurollen, das bringt nichts. Wir haben aktuelle Probleme. Ich weiß, dass du auch heute noch eine Institution in der Szene bist, dein Wort gilt immer noch etwas bei deinen Leuten, auch wenn du dich heute aus der vorderen Reihe zurückgezogen hast."

Jürgen lächelte. „Das stimmt so nicht, aber wenn es so wäre, was wolltet ihr denn bei mir?"

„Kannst du uns etwas über den Bombenanschlag sagen? Wer könnten die Hintermänner sein?"

„Du kannst mir glauben, darüber weiß ich weniger als du. Falls du da etwa vermutest, die Sache habe irgendwas mit uns zu tun, bist du schwer auf dem Holzweg." Während er das sagte, kramte er einige Utensilien aus einem Beutel und dreht sich einen Joint, den er sich dann anzündete. „Möchtest du auch mal, Christoph?", fragte er. „Sie, Frau Stein, brauche ich vermutlich gar nicht erst zu fragen?"

Ulla machte eine abwehrende Handbewegung und schüttelte entrüstet den Kopf, Leyendecker erwiderte lachend: „Du scheinst zu vergessen, wen du zu Besuch hast. Aber Spaß beiseite, immerhin gab es vor Oberenders Haus eine Demonstration."

Jürgen sah Leyendecker mitleidig an. „Glaubst du ernsthaft, es wäre nur dieses versprengte Häuflein gekommen, wenn wir dazu aufgerufen hätten? Für eine Demonstration ist uns der Kerl wirklich nicht wichtig genug. Forsch mal nach, bei welcher Arbeitsvermittlung für Studenten der angerufen hat."

„Du glaubst, er hätte das selbst organisiert?"

„Was glaubst du denn? Eine bessere Werbung kann der doch nicht haben. Die Zeitungen und das Regionalfernsehen haben davon berichtet. Wenn er das hätte bezahlen müssen, hätte das einiges gekostet. Da waren die paar Studenten sicher billiger."

„In diese Richtung haben wir auch schon gedacht. Wie aber passt die Bombe da rein. Die hat er ja kaum beim Studentenwerk bestellt."

„Das kann ich dir auch nicht sagen. Es ist eure Aufgabe, das herauszufinden."

„Wohl eher die des BKA", bemerkte Ulla.

„Das scheint wohl so zu sein, aber wie ich Christoph kenne, lässt der sich nicht so leicht die Butter vom Brot nehmen. Wen habt ihr denn da?"

„Kleinhans und Merkler heißen die."

„Ach die beiden. Lass dich nicht von denen täuschen."

„Du kennst die? Inwiefern sollen wir uns nicht von denen täuschen lassen?"

„Sagen wir mal so, ich habe von denen gehört. Vordergründig tritt diese Kleinhans als die Chefin der beiden auf, aber der eigentliche Boss ist dieser unscheinbare Merkler. Erinnert der dich nicht auch an diesen Columbo? Nehmt euch vor dem in acht."

„Das war es eigentlich schon." Leyendecker erhob sich und gab Jürgen die Hand. „Nichts für ungut. Wir müssen dann wieder mal. Die Pflicht ruft."

Jürgen begleitete sie zur Tür. „Ich hätte nie geglaubt, einmal zu zwei Polizisten zu sagen: Es würde mich freuen, wenn wir uns gelegentlich noch einmal sehen. Vielleicht bringst du dann deine Gitarre mit, Christoph."

Ulla schnappte draußen heftig nach Luft. „Wenn ich noch länger da drin geblieben wäre, wäre ich wahrscheinlich erstickt, der Qualm war aber auch unerträglich!", schimpfte sie, als sie zum Wagen gingen. „Du kennst aber auch Leute! Der ist doch fertig mit der Welt. Und was hat uns das nun gebracht?"

„Wir haben eine mögliche Richtung ausgeschlossen."

„Da bist du dir sicher?"

„Ganz sicher."

Auf dem Revier rief Leyendecker Mark Schneider zu sich. Der junge Mann verstand weit mehr von Computern, als Leyendecker jemals lernen würde. „Ich will mehr über diesen Frank Oberender wissen. Ich sage ja nicht, dass Sie die Computer aller übergeordneten Polizeibehörden knacken sollen, die verweigern mir nämlich den Zugriff. Aber es muss doch in diesem weltweiten Netz mehr Informationen über ihn geben. Wir sind doch angeblich alle gläsern."

Schneider grinste. „Gläsern sind wir wohl nur für die internationalen Multis oder für irgendwelche Geheimdienste. Aber ich werde tun, was ich kann."

„Ich bin sicher, das wird Einiges sein", antwortete Leyendecker. „An die Arbeit."

Da es nach der Zeitumstellung in den frühen Abendstunden zu dunkel war, um durch den Wald zu laufen, musste Ulla ihre Joggingstrecke dorthin verlegen, wo sie noch einigermaßen Sicht hatte. Daher lief sie in dieser Jahreszeit überwiegend in der Stadt, zumindest an den Tagen, an denen sie Dienst hatte. An den Wochenenden zog sie dann doch den federnden Waldboden dem harten Asphalt vor.

Ihre Strecke führte sie meist über den Rothenberg zum Krankenhaus, dann die Borngasse hoch bis zum Ende des Dehlinger Weges. Auf dem Rückweg drehte sie einige Runden im Burggarten. Heute entschloss sie sich, durch die Tilmannstraße zu laufen, es konnte ja nichts schaden, kurz zu überprüfen, ob da alles in Ordnung war.

Alles schien unauffällig zu sein, zumindest jetzt am Abend waren kaum noch Spuren der Explosion zu sehen. Als sie an dem Haus der Oberenders vorbeigelaufen war, beschlich sie ein unbestimmtes Gefühl, so als würde sie jemand beobachten. In Höhe des Fotogeschäftes hielt sie an und machte einige Dehnübungen. Dabei sah sie unauffällig zurück. Da kam auch schon ein Streifenwagen in die Straße eingebogen. Ulla hatte den Eindruck, dass sich ein Mann in den Schatten der Bäume, die das Grundstück der Oberenders begrenzen, zurückzog.

Der Streifenwagen hielt neben ihr an, und die Seitenscheibe fuhr herunter „Hallo Frau Stein", begrüßte sie der uniformierte Kollege auf dem Beifahrersitz, „so spät noch unterwegs. Was tut man nicht alles für die Fitness. Würde mir auch guttun, aber sie wissen ja, der innere Schweinehund."

„Guten Abend, Kollegen", grüßte Ulla zurück. „Tut mir bitte einen Gefallen. Ich hatte den Eindruck, dass da vorn bei den Oberenders jemand steht, der nicht gesehen werden will. Könnt ihr den mal überprüfen und gegebenenfalls die Personalien aufnehmen."

„Wird gemacht, Frau Stein. Wir drehen eine Runde und sehen mal nach. Wir geben ihnen nachher Bescheid. Ihre Handynummer haben wir ja."

Ulla lief weiter. Nach wenigen Minuten meldete sich ihr Handy.

„Wir können hier niemand sehen. Sollen wir klingeln und in dem Haus nachfragen?"

„Lasst mal", antwortete sie, „vielen Dank, aber das wird nicht notwendig sein."

Etwas komisch kam ihr das schon vor, aber bis sie nach Hause kam, hatte sie das weitgehend vergessen. Jedenfalls erzählte sie Leyendecker nichts davon. Was hätte sie auch berichten sollen?

Als Leyendecker am Morgen zur Dienststelle kam, meldete sich kurz darauf Mark Schneider. Allzu viel habe er nicht herausbekommen, aber er würde gerne rüberkommen und berichten, falls Leyendecker jetzt Zeit habe. Leyendecker bat um eine Viertelstunde, und danach erschien der junge Mann dann auch.

„Setzten Sie sich", forderte Leyendecker. „Was haben Sie denn nun herausgefunden? Mit wem haben wir es denn hier zu tun?"

„Wie ich bereits sagte, allzu viel habe ich nicht herausgefunden. Ich habe den Namen in verschiedene Suchmaschinen eingegeben und ein paar Telefonate geführt. Es war recht mühsam, so selten ist der Name Frank Schmidt ja nun auch nicht. Also, unser Frank Oberender wurde als Frank Schmidt 1967 in einem kleinen Ort bei Recklinghausen geboren. Der Vater war Grundschullehrer, die Mutter Krankenschwester. Über beide Elternteile gibt es nichts Auffälliges zu sagen. Die leben wohl heute noch in diesem Dorf. Nach der Grundschule ging er zum Gymnasium und machte Abitur. Danach hat er ein Studium begonnen, Jura, das er aber gleich wieder abgebrochen hat. 1988 trat er in die Bundeswehr ein. Er wurde Berufssoldat und hat eine durchaus ansehnliche Karriere gemacht. Er war wohl auch auf dem Balkan eingesetzt und in anderen Krisengebieten, aber so genau lassen die vom Militär sich ja auch nicht in die Karten blicken. 2005 verließ er auf eigenen Wunsch die Bundeswehr. Er war damals Oberstleutnant. Es ist schon ungewöhnlich, dass jemand einen so gut bezahlten Job beim Staat aufgibt. So oft kommt das ja nun wirklich nicht vor. Es hieß, es hätte damals Untersuchungen wegen irgendwelcher Mutproben und Rituale gegeben. Möglicherweise ist er einem Disziplinarverfahren zuvor gekommen. Aber Genaues konnte ich nicht in Erfahrung bringen. Ab da wird es dann richtig seltsam. Er verschwindet einfach von der Bildfläche. Es ist so, als sei er in ein Zeugenschutzprogramm aufgenommen worden."

„Dann würde er wohl kaum eine Partei gründen und sich bemühen, in allen möglichen Medien zu erscheinen", gab Leyendecker zu bedenken.

„Da haben Sie schon recht, aber vielleicht ist auch der Grund für sein Untertauchen weggefallen. Jedenfalls tauchte er vor drei Jahren wieder auf. Laut Einwohnermeldedatei Übertritt aus dem Ausland. Den Rest kennen Sie."

Leyendecker dankte dem jungen Kollegen. So recht konnte er sich keinen Reim darauf machen. Er musste sich das alles noch durch den Kopf gehen lassen.

In den nächsten Tagen beschäftigten ihn jedoch die Ereignisse in Paris rund um ein Länderspiel der deutschen Mannschaft, als es zu zahlreichen

Toten durch Überfälle radikaler Islamisten gekommen war. Er war sich allerdings sicher, dass die Ereignisse hier in Hachenburg nichts mit Islamismus zu tun hatten. Die sogenannten Gotteskrieger suchten öffentliche Aufmerksamkeit, und dafür war die Zündung einer Bombe in einer Nebenstraße einer Kleinstadt eher nicht geeignet. Auch dieser Oberender war bei Weitem nicht bekannt genug, um eine angemessene Resonanz der Medien zu erzeugen. Allerdings hatte der Anschlag seinen Bekanntheitsgrad weiter erhöht. Aber dass er die Sprengung selbst verursacht hatte, traute Leyendecker ihm dann doch nicht zu. Was hier geschah, hatte nach Leyendeckers Meinung persönliche Ursachen. Welcher Art diese waren, sah er jedoch noch nicht.

Kapitel 7

Konstantin Olschowski hätte eigentlich mit drei seiner Kollegen eine Gruppe Industrieller nach Nigeria begleiten sollen. Vermutlich ging es dabei wieder einmal um Erdöl, wie meist, wenn er die Männer in den dunklen Anzügen in diesen Teil Afrikas begleiten sollte. Manchmal waren aber auch Diamanten die Ursache der Reise. Jedenfalls hatten die Herren meist größere Bestände an Dollars bei sich, die dann unter der Hand den Besitzer wechselten. Konstantin Olschowski war der Grund jedoch egal. Seine Aufgaben und die seiner Kollegen bestanden darin, die Dollars, einschließlich der Herren, die sie mit sich führten, vor unberechtigtem Zugriff zu schützen. Mit dieser Arbeit hatte er auch recht gut verdient. Aber es war anders gekommen. Man hatte ihn, sehr zu seinem Missfallen, in diesen friedlichen Teil Deutschlands beordert. Das passte ihm überhaupt nicht, denn er war ein Adrenalinjunkie und liebte die Gefahr und den Nervenkitzel. Außerdem wäre bei diesem Einsatz im Westen Afrikas auch eine durchaus ansehnliche Gefahrenzulage herausgesprungen. Er nahm sich vor, diese trotzdem von seinem Auftraggeber einzufordern.

Nun stand er im Schutz der Dunkelheit, verdeckt von einer Fichtenhecke, und langweilte sich. Auf der Straße vor dem Haus, in dessen Hof er stand, war vor wenigen Tagen eine Bombe detoniert, auch wenn die Spuren kaum noch zu erkennen waren. In den Ländern, in denen Olschowski sonst tätig war, sah man die Auswirkungen solcher Explosionen noch nach Jahren. Man hatte ihn engagiert, damit er dafür sorgte, dass sich ähnliche Ereignisse nicht wiederholten. Die Anweisungen waren durchaus vage gehalten worden, aber er wusste auch so, was von ihm erwartet wurde.

Er war sich bewusst, dass das Aufflammen eines Feuerzeuges seinen Standort verraten könnte, aber was sollte hier schon passieren, also zündete er sich eine Zigarette an. Der Schein des Feuerzeuges beleuchtete ein Stück vom Hof und Olschowski glaubte, einen menschlichen Schatten wahrzunehmen. Wie war der denn hergekommen? Warum hatte er ihn nicht bemerkt? Wie konnte der sich anschleichen, ohne dass die geschulten Ohren ein Geräusch gehört hatten? Eigentlich sollte das einem erfahrenen Kämpfer wie ihm nicht passieren, denn allzu häufig hing sein Leben davon ab, dass er aufmerksam und konzentriert war.

Die schwarz gekleidete Person schien genauso überrascht wie der Wächter zu sein, denn sie hielt für einen kurzen Augenblick erschrocken inne. Dann rannte sie mit langen Schritten, nun gar nicht mehr so lautlos, davon.

Bei den meisten seiner Einsätze hätte Olschowski sofort gefeuert, aber hier, mitten im zivilisierten Deutschland, war das wohl keine so gute Idee. Zumindest hätte das einigen Ärger nach sich gezogen und seinen Auftraggeber doch in erheblichen Erklärungsnotstand gebracht. Also setzte er dem Unbekannten nach. Er war zwar ein durchtrainierter Kämpfer, aber eben aufgrund seiner kräftigen Muskeln kein so sehr guter Läufer, während die Gestalt, die er verfolgte, von schlanker Statur war und sich behände davon bewegte. Auf den ersten Metern konnte er den Abstand etwas verkürzen. Danach vergrößerte der sich wieder ganz allmählich, aber er gab trotzdem nicht auf.

Der Streifenwagen Starcks und Bergers hatte in dem Kreisel beim Ziegeleiweg gerade die Ausfahrt in Richtung des Ortsteils Altstadt genommen, als die beiden Insassen bemerkten, wie eine dunkle Gestalt aus der schmalen Gasse neben der Grundschule gerannt kam. Sie konnten gerade noch sehen, wie sie die Treppen zur Evangelischen Kirche hoch hetzte. Ihr folgte ein kräftiger Mann mit breiten Schultern. Die beiden waren mit Sicherheit nicht auf einer Joggingrunde. Die kleinere, schlanke Gestalt war ganz in Schwarz gekleidet und trug so etwas wie eine Motorradmaske, und es schien so, als habe sich der kräftigere Kerl das Gesicht geschwärzt.

„Schneid ihnen den Weg ab!", kommandierte Berger.

Starck kümmerten die Schwellen und das blaue Schild, das Schrittgeschwindigkeit fordert, herzlich wenig. Trotzdem sahen sie den ersten der beiden Männer gerade noch in der schmalen Straße, die in Richtung Brauerei führt, verschwinden.

Der andere kam geradewegs auf sie zugerannt. Berger sprang aus dem Wagen, zog die Pistole aus dem Halfter und brüllte: „Polizei, Hände hoch, bleiben sie sofort stehen!"

Berger hatte nicht mitbekommen, wie der Fremde das gemacht hatte, jedenfalls traf ihn dessen Faust am Ellenbogen und die Dienstwaffe krachte scheppernd zwischen die beiden auf den Boden. Verdammt, der Mann ist gut, dachte er noch, da traf ihn auch schon ein weiterer Schwinger am Unterkiefer. Er sah noch, wie der Fremde nach seiner Pistole griff. Dann wurde ihm schwarz vor Augen und er sank wie in Zeitlupe zu Boden.

Als Starck endlich begriffen hatte, was da ablief, das Schauspiel hatte nur wenige Sekunden gedauert, schaute er in den Lauf von Bergers P 99 Q.

„Tu es nicht, mein Freund! Fallenlassen!" befahl der Fremde.

Er hatte keine Wahl, wollte er nicht hier und jetzt seiner Ehefrau zu einer frühzeitigen, aber auch mit einem Zuschlag versehenen, Pension verhelfen. Also leistete er der Aufforderung seines Gegenübers resignierend Folge.

„Gut so", sagte der Fremde lächelnd, trat gegen die Waffe, sodass sie unter dem Streifenwagen liegen blieb, und eilte davon.

Karlchen kam mühsam zu sich. „Was war das?", fragte er. "So was hatte ich lange nicht mehr. Das letzte Mal, als mich dieser Fusspeter vor den Kopf getreten hat."

„Der war besser als du", stellte Starck fest und löste Alarm aus.

„Das brauchst du mir nicht zu sagen", antwortete Berger und versuchte aufzustehen, fiel aber auf den Hosenboden zurück.

Als Leyendecker und Ulla eintrafen, saß Berger im Streifenwagen. Der linke Unterkiefer war bereits etwas angeschwollen. Es war nur eine Frage der Zeit, bis die Schwellung sich in den Farben grün, blau oder schwarz zeigen würde. Irgendein mitleidiger Mensch hatte dem kräftigen Polizisten eines jener Kunststoffteile gebracht, wie man sie üblicherweise in Kühlboxen oder –taschen verwendet. Karlchen hielt das Teil an seine Wange und schaute wie ein gescholtener Dackel. Leyendecker hatte Mühe, nicht laut loszulachen.

„Berichte schnell, was los war", forderte er Berger auf, „ich wette über kurz oder lang kannst du deinen Kiefer nicht mehr bewegen. Mit fester Nahrung läuft dann nichts mehr. Aber deine Frau macht dir sicher gerne Grießbrei."

„Du Blödmann," antwortete Berger, der tatsächlich etwas nuschelte. „Dieser Nähmädchenfraß kann mir gestohlen bleiben. Spotte nicht, ich hätte dich mal sehen wollen, gegen so eine Kampfmaschine."

„Schon gut, irgendwann geraten wir alle einmal an einen Stärkeren. Konntet ihr den Kollegen eine halbwegs brauchbare Beschreibung durchgeben?"

„Wie denn, es war dunkel. Aber im Ernst. Er war groß und kräftig, dunkler Blouson, schwarze Jeans, festes Schuhwerk. Das Gesicht hatte er sich mit Ruß oder so etwas beschmiert. So wie man es manchmal bei den Soldaten sieht und das mitten in der Stadt. Verrückt ist so was. Was geht hier ab?"

„Ja, was geht hier ab? Das frage ich mich auch. Irgendetwas läuft hier äußerst schief und wir stehen hilflos daneben. Das stinkt mir alles kolossal."

„Der Kerl, dem er nachgerannt ist, war kleiner und schlanker, der schien auch jünger zu sein. Soweit ich das erkennen konnte, trug der so etwas wie eine Mütze mit Sehschlitzen oder so eine Haube, die man unter dem Motorradhelm anzieht. Der war ebenfalls dunkel gekleidet. Am meisten ärgert mich, dass meine Pistole fort ist. Was das wieder für einen Ärger und Papierkram gibt."

„Der hat deine P 99? Du warst doch einer der Ersten, der diese Waffe bekommen hat."

„Und jetzt ist sie weg. Ich mache mich doch lächerlich, mir die von so einem Kerl abnehmen zu lassen."

„Lass es gut sein, Karlchen. So wie du den beschrieben hast, nimmt der noch ganz anderen die Waffe weg. Das ist ein Profi. Es fragt sich nur, was der hier in unserer Stadt macht. Meinst du nicht, du solltest besser ins Krankenhaus fahren und den Kiefer röntgen lassen?"

„Ach was", wehrte Berger ab. „Das war keine Eisenstange oder ein Baseballschläger. Das war ein ganz gewöhnlicher Faustschlag. Er hat mich nur unglücklich getroffen. So etwas stecke ich doch locker weg."

„Wo kamen die denn nun her?", erkundigte sich Ulla.

„Ja, wo kamen die her? Der Kleine ist uns plötzlich vors Auto gerannt. Dem folgte dann mein neuer Freund. Ich vermute, die kamen aus dem schmalen Gässchen neben der Schule, Lambrich heißt das, glaube ich. Keine Ahnung, wo die ursprünglich herkamen."

„Wir werden sie fragen, wenn wir sie haben", erklärte Leyendecker, „aber ich könnte wetten, die haben etwas mit der Sache in der Tilmannstraße zu tun."

„Da würde ich nicht dagegen halten", stimmte Karlchen zu, „aber noch haben wir sie nicht."

„Ist euch sonst noch was aufgefallen?", fragte Ulla.

„Ja, da war noch was", schaltete sich Starck ein. „Das kann Karlchen ja nicht wissen, der schlief ja da schon."

„Red nicht so ein dummes Zeug!", ereiferte sich Berger. „Wenn du früher in die Puschen gekommen wärst, wäre alles ganz anders gekommen."

„Es ist nun mal passiert", versuchte Leyendecker zu schlichten, „kein Grund, sich zu streiten. Was war da noch?"

„Er hatte einen Akzent. Er sprach fehlerfreies Hochdeutsch, aber irgendwie war ein leichter Dialekt zu hören."

„Was war das für ein Dialekt?", erkundigte sich Leyendecker.

„Schwer zu sagen", antwortete Starck. „Möglicherweise irgendwas aus dem Ruhrgebiet, Gelsenkirchen, Essen. So in etwa."

Zu Karlchens Beruhigung wurde seine Pistole gefunden. Sie lag im Hof der Brauerei. Er erhielt sie zunächst nicht zurück, da sie erkennungsdienstlich untersucht werden musste. Aber keiner glaubte wirklich, dass der Mann daran irgendwelche verwertbaren Spuren wie Fingerabdrücke zurückgelassen hatte. Schließlich hatten sie es hier mit einem Profi zu tun. Natürlich blieben die beiden Männer verschwunden. Leyendecker hatte auch nichts anderes erwartet. Die ganze Angelegenheit beunruhigte ihn sehr. Er mochte es gar nicht, wenn in seiner Stadt etwas vorging, von dem er keine Ahnung hatte. Wie es schien, griffen sie immer wieder ins Leere. Leyendecker glaubte, dass dieser Oberender hinter dem allen stand. Es war an der Zeit, etwas mehr über dessen Hintergrund zu erfahren. Allein kam er jedoch nicht weiter. Er brauchte Hilfe. Er sah auf seine Armbanduhr. Es war noch nicht so spät. Dann griff er zum Handy und wählte eine gespeicherte Nummer. „Ich muss noch mal weg", erklärte er, als er aufgelegt hatte.

Ulla sah ihm erstaunt hinterher, als er zum Auto ging und davonfuhr.

Kapitel 8

Der junge Mann war außer Atem. Das Fenster schien unberührt. Der durchsichtige Klebestreifen hielt das Fenster fest, sodass nicht zu erkennen war, dass es eigentlich offen stand. Aber er zeigte auch an, dass in der Zwischenzeit niemand eingedrungen war. Er machte das immer so, wenn er das Gebäude verließ, denn von außen konnte er das Fenster nicht schließen. Um nicht aufzufallen, kam und ging er immer nur in der Dunkelheit. Nun entfernte er den Klebestreifen, stieß das Fenster auf und kletterte ins Innere des Gebäudes. Vor ein paar Wochen, als er in diesen Ort gekommen war, hatte er diese alte Fabrik als Domizil erwählt und nutzte sie heute noch. Er stieg die steinerne Treppe hoch. Im Obergeschoss hatte er sein Lager aufgeschlagen. Eine Luftmatratze, ein Schlafsack und ein Spirituskocher, mehr benötigte er nicht. Den Spirituskocher hatte er so in einer Ecke platziert, dass der Schein der Flamme nicht bis zu den Fenstern reichte. Niemand ahnte, dass sich in dem leer stehenden Gebäude jemand aufhielt. Das war heute knapp gewesen, aber es war noch einmal gut gegangen. Eigentlich hätte er einsehen müssen, dass er gegen diese übermächtigen Gegner keine Chance hatte. Aber das kam ihm gar nicht erst in den Sinn. Vor rund zwei Monaten hatte er das Bild dieses Mannes in der Zeitung gesehen. Als er den Mann zum letzten Mal gesehen hatte, hatte er weder dessen Namen noch seine Nationalität gekannt. Er hatte nicht nach dem Mann gesucht. Aber vergessen hatte er ihn nie. Für sein Vorhaben hatte er sich sogar mit Leuten einlassen müssen, die ihm eigentlich zuwider waren. Aber wie sollte er sonst an Sprengstoff und Waffen kommen? Er wusste, dass er denen irgendwann Tribut zollen musste, aber bis dahin war es noch lange hin. Vielleicht lebte er dann nicht mehr. Er riss einen Schokoriegel auf, den er zum Abendessen aß. Dann versuchte er zu schlafen, was ihm aber erst in den frühen Morgenstunden gelang.

„Komm rein, Christoph", sagte Hacker. Er führte seinen Gast ins Arbeitszimmer. „Ich freue mich, dich zu sehen. Möchtest du etwas trinken? Meine drei Mädchen sind nicht da. Eislaufen ist im Moment angesagt. Was ist denn nun so wichtig, dass du mich unbedingt jetzt sprechen wolltest?"

„Danke, ich möchte jetzt nichts trinken", wehrte Leyendecker ab. „Grüß die drei recht herzlich. Entschuldige, dass ich dich so überfalle, aber es brennt mir unter den Nägeln. Bei uns geht es Drunter und Drüber, und mir sind die Hände gebunden. Du erinnerst dich doch, dass das BKA damals den Fall an sich gezogen hat, als bei uns diese Bombe detonierte. Diese Typen sind am nächsten Tag auch aufgetaucht, aber ich weiß nicht, was die eigentlich ermitteln. Die scheinen irgendwelchen aberwitzigen linken Verschwörungstheorien nachzugehen, und währenddessen gerät bei uns alles aus den Fugen. Irgendetwas geht da vor, und ich weiß nicht was."

Hacker nickte zustimmend. „Ich kann mir vorstellen, dass dir das auf die Nerven geht, aber was kann ich denn nun für dich tun?"

„Meines Erachtens ist ein Mann namens Frank Oberender der Dreh- und Angelpunkt. Ein Möchtegernpolitiker, so schätze ich den wenigstens ein. Er ist vor ein paar Jahren bei uns aufgetaucht. Er war bis 2005 hoher Offizier bei der Bundeswehr, danach scheint er spurlos verschwunden zu sein. Wenn ich in den einschlägigen Dateien nachfrage, wird mir der Zugriff verweigert, VS-Sache. Vermutlich hast du eher Zugriff."

Hacker winkte ab. „Du weißt doch, dass ich dir das dann nicht weitergeben dürfte, trotzdem für dich hätte ich das gemacht. Aber ich habe es auch versucht. Nachdem das BKA damals übernommen hat, haben unsere Leute mir selbstverständlich trotzdem alles berichtet. Dabei kam natürlich auch zur Sprache, dass der Anschlag offenbar diesem Oberender galt. Obwohl wir ja offiziell auch außen vor waren, habe ich versucht, an Informationen zu kommen. Mir ist es genau so ergangen wie dir."

„Wenn ich als kleiner Provinzpolizist keinen Zugriff habe, ist das nicht weiter verwunderlich, aber du als führender Mitarbeiter des LKA müsstest doch eigentlich Zugriff haben, das lässt doch nur den Schluss zu, dass irgendjemand da oben seine Hände über ihn hält."

„Das muss es nicht unbedingt bedeuten, du weist doch auch, dass wir alle voreinander unsere Geheimnisse haben. Aber es ist doch recht wahrscheinlich."

„Dann bin ich hier wohl am Ende angekommen, schade, aber leider nicht zu ändern", resignierte Leyendecker.

„Lass mich nachdenken", forderte Hacker. „Es gibt da einen Mann, der ist so was wie ein Strippenzieher, eine graue Eminenz, was genau der macht oder gemacht hat, weiß ich auch nicht. Jedenfalls hat der überall die Finger drin. Er ist mir noch einen Gefallen schuldig. Vielleicht kann der uns weiter helfen. Hättest du nicht wieder einmal Lust, ein Bundesligaspiel live zu sehen?"

Leyendecker verstand die Frage nicht. Natürlich hätte er noch einmal gern ein Fußballspiel gesehen. Aber er hatte vordringliche Probleme, und bis zum nächsten Heimspiel der Mainzer dauerte es noch etwas. „Was meinst du?", fragte er deshalb nach.

„Dieser Mann ist Fußballfan. Er besucht jedes Spiel seines Vereins. Wir könnten ihn da treffen."

„Ehrlich gesagt, dauert mir das etwas lang. Ich muss versuchen, die Probleme jetzt zu lösen."

„Wäre Samstag früh genug?", fragte Hacker. „Er ist Fan des FC, und wie es der Zufall will, spielen die Mainzer dann in Köln. Wir könnten ihn da treffen. Ich könnte ihn heute noch anrufen. Ich weiß nicht, ob er in der Lage ist, die Informationen so schnell zu beschaffen, aber wenn ich es einem zutraue, dann ihm. Ich rufe ihn gleich mal an."

Hacker verließ das Zimmer, um kurz darauf zurückzukommen. „Alles klar, wir sehen uns das Spiel an, und danach treffen wir ihn. Falls das Spiel überhaupt stattfindet, das Länderspiel gegen Holland wurde ja auch abgesagt. Aber es heißt, die Bundesligaspiele würden stattfinden. Es wird wohl verstärkt kontrolliert werden, aber das nehmen wir doch in Kauf."

„Ich habe keine Karte", gab Leyendecker zu bedenken.

„Lass das mal meine Sorge sein. Wir treffen uns Samstag um zwei auf der Domplatte. Falls wir uns verpassen, wir haben ja unsere Handys. Willst du nicht doch etwas trinken? Ich habe einen guten Weißwein da."

„Ein Bier wäre mir lieber."

Zu Hause wartete Ulla bereits auf ihn. „Konntest du nicht sagen, wohin du fährst?", warf sie ihm vor.

Leyendecker ging nicht weiter auf den Vorwurf ein. „Ich war bei Hacker. Wir gehen Samstag zum Fußball." Dann berichtete er ihr vom Verlauf des Gesprächs mit seinem ehemaligen Vorgesetzten.

Die ganze Zeit war es warm und relativ trocken gewesen. Seit Mitte der Woche hatte sich eine Wetteränderung angekündigt. Sturm und Regen war ein Temperatursturz gefolgt. Der angekündigte Schnee war noch ausgeblieben. Das Thermometer zeigte an diesem Samstagmorgen nur wenige Grad über null an. Es war feucht und kalt. Fast hätte er seine Verabredung zum Bundesligaspiel bereut, aber in der Bahn war es ja warm und trocken und auch im Stadion waren sie vor Regen geschützt. Man musste nur etwas dickere Kleidung anziehen. Ulla hatte ihn nach Au gefahren, von wo aus er den Zug nahm. Er war etwas früh. Eine Viertelstunde vor der vereinbarten Zeit stand er vor dem imposantesten Gebäude der Stadt Köln.

Kurz darauf klopfte ihm Hacker auf die Schulter. „Da bist du ja. Freut mich, dich zu sehen. Ich habe noch eine Karte für dich bekommen."

Wenig später erreichten sie problemlos das Stadion.

Leyendecker war lange nicht mehr hier gewesen. Damals hieß das Rhein-Energiestadion noch so, wie es Zeltinger besungen hat: Müngersdorfer Stadion. Wie erwartet, waren die Eingangskontrollen sehr intensiv, aber man hatte bei Sicherheitskräften und Ordnern erheblich aufgestockt, sodass sie rechtzeitig das Stadioninnere erreichten. Die Fangesänge waren in vollem Gange. Ihm lief ein Schauer über den Rücken, als sie die kölsche Version von Loch Lomond anstimmten.

Nach der obligatorischen Schweigeminute ging es dann los, und es stellte sich heraus, dass sie ein richtig schlechtes Bundesligaspiel erwischt hatten. Leyendecker wurde an den Ausruf eines Zuschauers erinnert, als er in seiner Jugend ein Spiel des SV Gehlert besuchte: „Ihr seid wie die Mainzer! Ihr könnt Karneval feiern, aber Fußball spielen könnt ihr nicht!" Die Begegnung endete schließlich dann auch torlos. Das war wohl gerecht, denn keine der beiden Mannschaften hatte wirklich einen Sieg verdient. Hoffentlich hatte das Treffen mit dem Unbekannten mehr Interessantes zu bieten.

Hacker war mit dem Ergebnis, einem Auswärtspunkt für seine Mainzer, recht zufrieden. Nach dem Spiel telefonierte er, und kurz darauf trat ein unscheinbarer älterer Herr zu ihnen, der den rot-weißen Schal mit dem Ziegenbock trug.

Leyendecker stellte sich vor.

„Keine Namen bitte", erklärte der Mann. „Wir haben uns nie gesehen, aber vielleicht können sie mir irgendwann auch einen Gefallen erweisen. Ich weiß ja, wo ich Sie dann finde und werde Sie zu gegebener Zeit daran erinnern."

„Leyendecker nickte. „Sehr gerne", bestätigte er.

Sie nahmen ein Taxi. Der Fremde nannte eine Adresse, und kurz darauf hielten sie vor einer Kneipe in der Kölner Südstadt. Das Innere war genauso, wie man sich eine typische Kölschkneipe vorstellt. Kein modernes Bistro. Ein uriges Gasthaus mit auf alt getrimmten Möbeln. Im Fernseher lief die Zusammenfassung der anderen Spiele des heutigen Tages. Obwohl reger Betrieb herrschte, fanden sie noch einen Tisch in der hinteren Ecke. Der war offenbar frei geblieben, weil man von hier aus keinen Blick auf den Bildschirm hatte.

Ohne zu fragen, stellte der Köbes drei Kölsch vor sie. Der Alte orderte drei Portionen Riefkochen mit Apfelmus. „Die sind hier ausgezeichnet", erklärte er, „wir können auch reden, während wir essen."

Leyendecker stellte fest, dass er tatsächlich Hunger hatte und ein Kölsch war jetzt auch nicht zu verachten.

Als das Essen auf dem Tisch stand, begann ihr Begleiter zu sprechen. „Sie wollten Informationen über diesen Frank Schmidt, jetzt Oberender. Ich nenne ihn bei meinen Ausführungen mit seinem jetzigen Namen, auch wenn er damals noch Schmidt hieß. Ich hatte vorher schon einiges von ihm gehört, habe aber noch etwas herumtelefoniert und glaube, dass ich fündig geworden bin. Sie haben sich natürlich gefragt, warum Ihnen die einschlägigen Datenbanken den Zugriff verweigern. Nun ja, hinter diesem Oberender stehen einflussreiche Leute."

„Welche Leute und warum?", fragte Leyendecker.

„Ich glaube, ich muss da etwas weiter ausholen. Kennen Sie Blackwater?"

„Meinen Sie dieses Sicherheits- und Militärunternehmen. Gab es da nicht einen Skandal im Irak, als die einige Zivilisten erschossen haben?"

„Richtig, genau die meine ich. Die haben sich inzwischen in Academi umbenannt, aber ihr Aufgabengebiet ist immer noch das gleiche. Sehen Sie, es gibt auf dieser Welt alle möglichen Krisenregionen. Aber der Rubel muss auch dort rollen. Die Geschäfte müssen auch dort weiter gehen. Es geht da um eine Menge Geld, Rohstoffe, beispielsweise Erdöl, seltene Erden, was auch immer. Nun ist es aber so, dass nicht überall Militär eingesetzt werden kann, denken Sie nur an unser Grundgesetz. Und da kommt dann diese

Firma ins Spiel. Offiziell ist sie völlig autark, aber sie arbeitet eng mit dem amerikanischen Militär und den US-Sicherheitsbehörden zusammen und sorgt so für einen gewissen Schutz dieser Geschäfte. Ich möchte fast behaupten, dass sie einen Teil der Staatsmacht repräsentiert. Blackwater hat sich eine gewisse Monopolstellung verschafft. Es gibt zwar noch einige wenige kleinere Firmen, vorwiegend im angelsächsischen Raum, aber die sind eigentlich nicht der Rede wert. Man bewegt sich hier auf einem engen Grat zwischen legaler Sicherheitsfirma und illegalem Söldnertum. Sie werden sich jetzt fragen, was haben wir mit Blackwater zu tun. Dazu komme ich gleich.

Wenn nun diese Firma ein gewisses Monopol hat und eng mit den amerikanischen Behörden zusammenarbeitet, dann liegt es doch auf der Hand, dass auch amerikanische Firmen den Rahm abschöpfen, und bei diesem Rahm geht es um Milliarden. Das war natürlich vielen Vertretern der deutschen Wirtschaft ein Dorn im Auge, und die Lobbyisten wurden nicht müde, von der deutschen Regierung zu fordern, hier eine Änderung herbeizuführen. Hinzu kam, dass sich Europa, und hier in erster Linie Deutschland, immer mehr dem Einfluss der USA entzog. Das zeigte sich ganz deutlich, als sich Deutschland unter der Regierung Schröder weigerte, am Krieg im Irak teilzunehmen.

Da kamen einige findige Köpfe auf die Idee, ein eigenes deutsches Blackwater zu gründen."

„Wer waren diese findigen Köpfe?", erkundigte sich Leyendecker.

„Wo der Ursprung war, weiß man heute nicht mehr. Es war zunächst nur so eine diffuse Idee, die irgendwann beim BND, beim MAD, im Wirtschafts-, Außen- und Verteidigungsministerium waberte. Um so etwas ins Leben zu rufen, müssen nämlich all diese Institutionen ausnahmsweise mal an einem Strang ziehen."

Der Alte hatte seine Riefkochen inzwischen aufgegessen und trank sein Kölsch leer. Das leere Glas hatte gerade mal eben den Tisch erreicht, da stand auch schon ein neues da. Er nahm einen tiefen Schluck und fuhr fort: „Irgendwann brachte dann ein Mitarbeiter des Verteidigungsministeriums diese Idee zu Papier und gab sie weiter. Was soll ich sagen, das Papier wurde von ganz oben abgesegnet und zur Verschlusssache erklärt. Hier kommt dann unser Oberender ins Spiel. Dieser Mitarbeiter im Verteidigungsministerium wurde nämlich mit der Durchführung der Angelegenheit betraut, und er kannte Oberender aus einer gemeinsamen Zeit bei der Bundeswehr."

„Eine absurde Geschichte, die Sie uns da erzählen", erklärte Hacker.

„Und doch ist jedes Wort wahr, so wahr ich hier sitze. Dieser besagte Mitarbeiter, der Name ist mir nicht bekannt, spielt aber wohl auch keine Rolle, wandte sich an Oberender. Dieser erkannte das enorme finanzielle Potenzial einer solchen quasi halbstaatlichen Sicherheitsfirma. Er bat um Entlassung aus der Bundeswehr, Gerüchte, dass es da Ärger mit irgendwelchen Mutproben oder seltsamen Ritualen gegeben habe, wurden gezielt gestreut und entbehren jeder Grundlage. Gemeinsam gründeten sie Gram."

„Wohl nach Sigurds Schwert", warf Leyendecker ein.

„Aha, jemand der sich in nordischer Mythologie auskennt. Sie haben recht, genau das war gemeint. Natürlich werden sie Gram in keinem deutschen Gewerberegister finden. Die Geschäfte werden über einen Karibikstaat abgewickelt. Der eine der beiden Firmengründer blieb im Ministerium und sorgte so auch für eine vernünftige Anschubfinanzierung, und er hatte natürlich die notwendigen Verbindungen. Oberender oblag es, zunächst für eine entsprechende Personalausstattung zu sorgen. Das war aber nicht weiter schwer, denn es gibt viele Exmilitärs, die im bürgerlichen Leben nicht zurechtkommen. So entstand eine bunte Truppe aus ehemaligen Bundeswehrsoldaten, Mitgliedern der Legion bis hin zu jenen freien Söldnern, die praktisch an jedem Staatsstreich in Afrika beteiligt sind. Oberender verlegte sein Domizil ins Ausland. Er war nicht nur administrativ tätig, sondern führte auch wichtige Einsätze selbst an. Die Firma war sehr erfolgreich und ist es auch heute noch, obwohl sie kaum jemandem bekannt ist. Was ja auch dem Sinn der Sache entspricht."

Der Alte schwieg. Auch Leyendecker und Hacker mussten das Gehörte erst einmal sacken lassen. Bis zum nächsten Bier sagte niemand ein Wort.

Dann brach Leyendecker das Schweigen. „Wie kommt er denn nun nach Hachenburg?"

„Das ist der zweite Teil der Geschichte. Irgendwann entschloss er sich, seine aktive Tätigkeit zu beenden und kehrte nach Deutschland zurück. Dass er in Hachenburg gelandet ist und dort eine Frau geheiratet hat, ist wohl eher Zufall als Kalkül. Jedenfalls leitet er Gram heute noch. Das ist ja heute auch mit den elektronischen Medien sehr gut möglich. Für den praktischen Teil hat er sich einen zuverlässigen Nachfolger aufgebaut."

„Dann fühlte er sich nicht ausgelastet und gründete diese Partei, WIR SELBST", folgerte Leyendecker.

„Etwas komplizierter war es schon. Man kann über die Geheimdienste sagen was man will, aber dort sitzen auch sehr fähige Denker. Die haben dort vor Jahren die heutige Situation mit den Flüchtlingen vorausgesehen, vielleicht wurden auch sie lediglich von dem Ausmaß überrascht. Eigentlich war das ja alles absehbar. Und wenn man diese Sache weiterdenkt, war jedem klar, dass es zu einer Stärkung rechter Parteien kommt. Es könnten sich völlig neue Mehrheiten ergeben. Daran ist nun wirklich niemand interessiert. Das sind zu viele Unwägbarkeiten. Da hatte wieder jemand so einen Geistesblitz und dachte an diesen Oberender. Er hat ein charismatisches Auftreten und kommt gut bei den Leuten an. Man legte ihm diese Idee mit der Partei nahe. Er hatte inzwischen soviel Geld verdient, dass er noch nicht einmal eine Anschubfinanzierung brauchte. Er fühlte sich gebauchpinselt, aber er dient lediglich dazu, den anderen Gruppierungen einen Teil der Stimmen wegzunehmen, um es ihnen schwerer zu machen, die notwendigen Mehrheiten zu erreichen, um in die Parlamente zu kommen. Natürlich ist ihm das selbst nicht bewusst. Er ist und bleibt Soldat und mit den politischen Intrigen nicht so vertraut. Falls er wider Erwarten doch Erfolg haben sollte, glaubt man, ihn in der Hand zu haben, weil man so viel über ihn weiß. Ich habe da meine Bedenken. Ich befürchte, dass Oberender auch zu viel weiß, um ihn wirklich in Schach zu halten, aber das ist Schnee von übermorgen."

„Und deshalb schickt man uns das Bundeskriminalamt, um das alles unter der Decke zu halten?"

„Ich denke, man hatte Angst, dass ein übereifriger Provinzbulle das alles ans Tageslicht zerrt,

Ihnen eilt ja ein gewisser Ruf voraus, Herr Leyendecker."

„Jetzt müsste ich mich gebauchpinselt fühlen", erklärte Leyendecker, „aber ich glaube, so wichtig bin ich nun auch nicht. Ich hatte ja schon das LKA eingeschaltet. Vermutlich hatten die eher Angst, dass die etwas aufdecken."

„Wie dem auch sei, die beiden sind dafür da, alles zu vertuschen. Die Aufklärung des Bombenattentates wäre dabei reiner Zufall. Wahrscheinlich wird man nachher ein paar nebulöse Erklärungen abgeben, die keiner nachvollziehen kann. Mehr wird nicht dabei herauskommen."

„Und Sie haben auch keine Vermutung, wer hinter diesem Attentat steckt?", erkundigte sich Leyendecker.

„Ich habe da auch keine Ahnung, genau wie Sie. Möglicherweise haben ihn die Geister der Vergangenheit eingeholt." Er stand auf. „So, ich muss dann mal weiter. Ich hoffe, ich konnte Ihnen ein wenig helfen. Und vergessen Sie nicht, ich war niemals hier, und wir sind uns nie begegnet."

Leyendecker hatte keine Zeit, sich zu bedanken, da war der Mann auch schon verschwunden.

„Er hat nicht bezahlt", stellte Hacker lachend fest.

„Wie soll er bezahlen, wenn er nicht hier war", antwortete Leyendecker. „Das ist physikalisch unmöglich."

Der Köbes stellte noch zwei Bier vor sie auf den Tisch.

„Wir hatten doch nichts bestellt", bemerkte Hacker.

„Du hättest den Deckel auf das Glas legen müssen", klärte Leyendecker ihn auf, „solange du das nicht tust, sorgt er immer wieder für Nachschub."

„Sitten sind das hier", antwortete Hacker kopfschüttelnd. „Was willst du jetzt tun?"

„Vermutlich nichts. Was kann ich schon tun? Und du?"

„Vermutlich nichts."

Kapitel 9

Hatte ein Geräusch ihn geweckt? Der junge Mann wusste es nicht. Er wachte häufig grundlos auf. Ein leichter Schlaf war für ihn ohnehin überlebenswichtig. Er lauschte in die Dunkelheit. Nein, da war nichts. Er schloss die Augen und wollte weiterschlafen. Doch, da war es wieder. Es war so ein kaum hörbares Scharren. Er ahnte das Geräusch mehr, als dass er es hörte. Er nahm eine sitzende Position ein. Selbstverständlich war er nicht der einzige Bewohner dieses riesigen Gebäudes. Wie immer hatten die Ratten früh von der leer stehenden Fabrik Besitz ergriffen. Häufig hatte der Geruch seiner Essensreste einige dieser großen Nager an sein Lager gelockt. Auch ein Steinmarder war ihm schon begegnet. Es war daher nie völlig still. Also kein Grund zur Besorgnis, aber auch kein Grund, unaufmerksam zu sein. Gespannt horchte er weiter. Da war das Geräusch wieder. Es schien von der Treppe zu kommen. Er lud seine Pistole durch und wechselte sofort den Standort, da das Geräusch einem potenziellen Gegner seine Position verraten hätte. Allerdings wusste dieser Gegner, falls es ihn gab, jetzt zweifellos, dass er gewarnt war. Die Stablampe hielt er in der linken Hand, scheute sich aber, die einzuschalten. Zu sehr fürchtete er, dass der Lichtstrahl auf ihn aufmerksam machen würde. Jetzt war es still. Falls dort jemand war, hatte er jetzt innegehalten. Er wartete. Er hatte sich gerade entschlossen, zur Treppe zu gehen, da hörte er es wieder. Diesmal war das Geräusch näher gekommen.

Für ihn bestand kein Zweifel. Man hatte sein Versteck gefunden. Wie hatte das passieren können? Er hatte doch so sehr aufgepasst. Aber er wusste, er hatte es mit einem erfahrenen, kampferprobten Gegner zu tun. Vermutlich hatte der am nächsten Tag im Dunkeln in der Nähe der Stelle ausgeharrt, an der er ihn tags zuvor verloren hatte, und war ihm dann unbemerkt bis zu dem Fabrikgebäude gefolgt.

Eigentlich war es aber auch egal, wie man ihn gefunden hatte. Jedenfalls befand er sich in höchster Gefahr. Er wagte kaum zu atmen. Ein leises Scharren ließ ihn vermuten, dass sein Gegner die Treppe hinter sich gelassen hatte, und da sah er ihn auch schon schemenhaft auf sich zukommen. Er musste den Eindringling überraschen. Er entschloss sich, die Taschenlampe zu benutzen, jetzt war es ja ohnehin egal, ob jemand den Lichtschein bemerkt.

Im Lichtkegel sah er den Mann. Er trug ein Nachtsichtgerät. Der kurze Moment, in der sein Gegner geblendet wurde, genügte, um das Ziel zu erfassen. Da spürte er einen Schlag und einen brennenden Schmerz an der Schulter. Zu spät ging ihm auf, dass es sich um zwei Angreifer handeln musste. Sein Schuss löste sich zwar, aber er ging weit vorbei, und seine Waffe fiel ihm aus der Hand. Ohne die Schmerzen zu beachten, hastete er die Treppe hinunter. Er hörte, wie die Geschosse neben ihm in die Wände einschlugen. Offenbar benutzten die beiden Angreifer Schalldämpfer.

Das Fenster stand noch offen. Er sprang hinaus und rannte einfach los. Er hatte kein Ziel. Er musste nur irgendwie den beiden Angreifern entkommen. Als er aus der kleinen Gasse zu der Stelle kam, die den eigentlichen Mittelpunkt des Ortsteils bildet, weil hier die Rhein-, die Linden- und die Steinebacher Straße aufeinandertreffen, wandte er sich nach links. Es war eine intuitive Entscheidung, vermutlich, weil es dort bergab ging. Kurz darauf kam ihm jedoch der Gedanke, dass seine Verfolger ihn sehen würden, wenn er weiter auf der Straße blieb. Deshalb bog er rechts in einen Hof ab. Dort sah er einen Unterstand, der ihm notdürftig Schutz bot. Erschöpft ließ er sich in einer Ecke nieder. Natürlich würde er hier nicht dauernd bleiben können, er würde sich wohl oder übel eine neue Bleibe suchen müssen. Eine einsame Scheune oder eine Viehhütte. Jedenfalls würde er hier zu sehr auffallen. Aber er benötigte eine Pause und hoffte, sich hier wenigstens einen kurzen Moment verbergen zu können.

Seine beiden Verfolger kamen vorbeigerannt, ohne auch nur einen Blick in seine Richtung zu werfen. Kurz darauf fuhr ein Streifenwagen vorbei.

Leyendecker hatte Ulla von ihrem Gespräch mit dem seltsamen Alten berichtet. Sie beide wussten nicht so recht, was sie mit diesen Informationen anfangen sollten. Für die Öffentlichkeit waren die jedenfalls nicht bestimmt, und sie hätten im Zweifelsfall auch nichts davon beweisen können. Allerdings erschien es immer unwahrscheinlicher, dass das Verschwinden des Amerikaners etwas mit dem Bombenanschlag zu tun hatte.

Leyendeckers Handy klingelte.

„Hallo Christoph", meldete sich Berger. „In dieser stillgelegten Fabrik im Ortsteil Altstadt, du weißt schon, ehemals Genschow, scheint etwas vor sich zu gehen. Anwohner glauben, einen Schuss gehört zu haben."

„Dem müssen wir wohl nachgehen. Fahrt einmal dorthin, aber wartet vor der Tür, das ist ja ganz bei uns in der Nähe. Ulla und ich kommen auch. Bringt für uns zwei Schutzwesten mit. Man kann ja nie wissen."

Es waren nur wenige Schritte von ihrer Wohnung zu dem Objekt. Früher hatten viele Altstädter, insbesondere Frauen, in dieser Fabrik Arbeit gefunden. Neben einer Möbelfabrik, die inzwischen ebenfalls längst geschlossen war, hatte diese Firma auch zu erheblichen Gewerbesteuereinnahmen beigetragen, was zu einer sehr guten finanziellen Ausstattung der ehemals selbstständigen Gemeinde geführt hatte. Deshalb hatten sich auch viele Altstädter schwergetan, sich mit der freiwilligen Eingemeindung in die Stadt Hachenburg abzufinden. Seit Jahren war sie jedoch dem Verfall preisgegeben. Für deren Verwendung hatte es zahlreiche Ideen gegeben, die mehr oder weniger sinnvoll waren. Keine war auch nur im Ansatz verwirklicht worden. Jetzt gab es wieder Gerüchte, dass ein Investor das alte Gebäude zu Wohnungen umbauen wolle. Leyendecker hoffte, dass diese Gerüchte zutreffend waren. So würde die Fabrik endlich einer vernünftigen Verwendung zugeführt. Das war allemal sinnvoller, als weitere Baugebiete zu erschließen und immer mehr Landschaft zu verbrauchen.

Der Streifenwagen traf fast gleichzeitig mit ihnen ein. Sie umrundeten das Gebäude und fanden im unteren Bereich ein Fenster offen vor. Leyendecker zog sich eine Schutzweste an und ließ sich eine Stablampe reichen. Dann stieg er durch das Fenster, und die anderen folgten ihm, wobei Karlchen erhebliche Mühe hatte, sich durch das Fenster zu zwängen. Schließlich zog er die Schutzweste aus, um sie drinnen wieder anzulegen.

Wenn noch Personen im Gebäude gewesen wären, hätten die vermutlich längst gemerkt, was dort vor sich ging, denn obwohl es so spät war, waren einige Nachbarn doch aus ihren Häusern gekommen und sahen dem Treiben der Polizisten interessiert zu.

Trotzdem sicherten sie jeden Raum, bevor sie ihn betraten. Wie erwartet, trafen sie niemand an. Auf der Treppe sahen sie mehrere verformte Geschosse, die sie für die Spurensicherung liegen ließen.

Im Obergeschoss war unverkennbar, dass sich hier jemand aufgehalten hatte. Ein notdürftiges Lager, Essgeschirr, Getränke und Lebensmittel. Aufgrund der Anzahl der leeren Verpackungen konnte man schließen, dass der- oder diejenige sich schon einige Tage, oder sogar Wochen, hier aufhielt. Auf dem Boden konnten sie einige dunkle Tropfen erkennen. Höchstwahrscheinlich war das Blut. Alles deutete darauf hin, dass hier ein Kampf stattgefunden hatte. Ob das Blut von einer oder mehreren Personen war oder ob die schwer oder leicht verletzt waren, konnten sie nur mutmaßen. Jedenfalls waren alle Beteiligten verschwunden.

„Hier können wir nichts mehr tun", stellte Leyendecker fest. „Sperrt das Fenster ab und befragt die Nachbarn, ob sie etwas bemerkt hätten. Den Rest kann die Spurensicherung erledigen."

„Sollten wir nicht die Kollegen vom BKA unterrichten"?, fragte Ulla.

„Macht das ruhig", erklärte Leyendecker. „Auch wenn das nicht den Vorschriften entspricht, nehme ich diese Trinkflasche mit. Da sind Fingerabdrücke drauf. Ich will feststellen, ob die registriert sind. Vermutlich würden die vom BKA diese Information auch zurückhalten."

Lieschen Schnell wohnte allein in dem älteren Bauernhaus in der Rheinstraße. Ihr Mann war vor mehr als zehn Jahren gestorben, und ihre einzige Tochter hatte in einem Neubaugebiet im Nachbarort gebaut.

Leider war es in vielen Ortskernen der Fall, dass die Häuser nur von einer Person bewohnt wurden, und nach deren Tod standen die Gebäude häufig leer. Hier in Hachenburg bestand noch eine gewisse Nachfrage nach dieser Art Gebäude, aber in vielen Dörfern waren die nur schwer oder gar nicht an den Mann zu bringen. Die meisten jungen Leute zog es halt in die Städte. Die jungen Leute, die noch hier blieben, zogen modernere Wohngebäude vor. Die Politik versuchte seit Jahren, der Entvölkerung der Ortskerne entgegenzuwirken, bisher leider mit wenig Erfolg.

Lieschen Schnell wachte häufig nachts auf. Mit dem Alter litt sie doch etwas unter Schlafstörungen. Vermutlich lag das aber auch daran, dass sie normalerweise immer einen ausgiebigen Mittagsschlaf hielt.

Sie hatte schon eine gewisse Zeit wach gelegen, als sie ein Geräusch vernahm. Irgendetwas war da im Hof. Vermutlich ein Tier, vielleicht die Katze der Nachbarin oder ein Marder auf nächtlichem Beutezug. Seit wieder mehr Menschen zur Holzfeuerung übergegangen waren, boten die aufgeschichteten Holzhaufen nahezu ideale Verstecke für diese heimischen Raubtiere, was durchaus auch Folgen für draußen parkende Pkws hatte. Sie drehte sich zur Seite und versuchte, weiterzuschlafen. Aber irgendwie gelang ihr das nicht. Zu sehr lauschte sie, ob nicht weitere Geräusche zu hören waren. Obwohl sie nichts weiter hörte, wurde sie immer unruhiger. Lieschen Schnell war keine ängstliche Frau. Solche Sachen nahm sie eher gelassen. Allerdings neugierig war sie schon. Deshalb ließ ihr das Geräusch auch keine Ruhe. Schließlich bestand kein Zweifel mehr, dass sie nachsehen musste, was denn da los war. Ansonsten würde sie die ganze Nacht kein Auge mehr zu machen. Also schlüpfte sie in ihre Pantoffeln, zog sich ihren Mantel über das Nachthemd und machte sich mit einer Taschenlampe bewaffnet auf den Weg.

Zuerst konnte sie nichts feststellen, doch dann bemerkte sie eine Bewegung dort hinten in der Ecke. Sie leuchtete, und dann sah sie im Strahl der Taschenlampe den jungen Mann zusammengekauert in der Ecke sitzen. Der zitterte, unverkennbar hatte der Angst.

Für einen kurzen Moment war Lieschen Schnell erschrocken. Aber das dauerte nur einen Augenblick. Sie war eine resolute Person und hatte sehr schnell ihre Fassung wiedergewonnen. „Was machst du denn da, mein Junge?", fragte sie, während sie furchtlos näher trat. „Geht es dir nicht gut? Ist das da Blut? Du bist verletzt. Komm mit, das müssen wir uns doch mal genauer ansehen!"

Der junge Mann machte keine Anstalten, ihrer Aufforderung Folge zu leisten, aber offenbar hatte er sie verstanden, denn er schüttelte den Kopf.

„Keine Widerrede, da muss bei gesehen werden. Am Ende verblutest du mir hier noch. Dann haben wir den Salat."

Nach kurzem Zögern griff sie ihn resolut an der Hand und zog ihn hoch. „Komm mit!", kommandierte sie.

Sich ängstlich nach allen Seiten umsehend, folgte er ihr schließlich doch widerstrebend ins Haus.

Drinnen deutete sie in der Küche auf einen Stuhl. „Setz dich! Kannst du das Hemd ausziehen?"

Zögerlich folgte er ihren Anweisungen.

„Das sieht aber nicht gut aus", stellte sie fest. „Das muss sich ein Arzt ansehen. Ich werde gleich mal anrufen."

„Kein Arzt", bat er.

„Du sprichst ja unsere Sprache", freute sie sich. „Hör mal, Junge. Das ist aber äußerst unvernünftig."

„Kein Arzt", sagte er diesmal nachdrücklicher.

„Wie du willst", lenkte sie ein. „Du scheinst ja erwachsen zu sein. Du wirst schon wissen, was du tust. Aber das muss wenigstens verbunden werden. Ich hole gleich mal einen Verbandskasten. Du bleibst hier! Renn nicht weg!"

Sie verschwand, um nach kurzer Zeit zurückzukommen. „Wir sollten es mit einem Druckverband probieren. Das habe ich mal im Fernsehen gesehen. Beklag dich aber nicht, wenn das nachher nicht richtig ist. Schließlich bin ich kein Arzt."

Als sie ihn notdürftig verbunden hatte, erkundigte sie sich. „Hast du Hunger? Du siehst aus, wie das Leiden Christie. Ich hätte noch Würstchen im Kühlschrank. Ach wie dumm von mir, du bist sicher Mohammedaner, da dürft ihr ja kein Schweinefleisch essen. Vielleicht Brot mit Käse? Morgen mache ich uns dann ein paar Hähnchenschenkel."

Der Unbekannte schüttelte den Kopf.

Doch sie schnitt ihm das Wort ab. „Keine Widerrede. Du musst etwas essen, und du bleibst heute Nacht hier. Ich lasse dich so nicht mehr auf die Straße. Ich habe genug Platz. Ich werde dir im ehemaligen Kinderzimmer gleich ein Bett beziehen. Schlaf dich erst einmal richtig aus. Dann geht es dir morgen schon besser. Morgen sehen wir dann weiter."

Sie ging zum Kühlschrank und holte Butter und Käse heraus. „Die Butter ist etwas hart. Ich wusste ja nicht, dass ich noch Besuch bekomme." Danach schnitt sie drei Scheiben Brot ab. „Ich glaube, ich muss dir die Brote schmieren. Das kannst du vermutlich nicht selbst. Du hast wahrscheinlich Probleme mit deinem Arm."

Während ihr Besucher sich heißhungrig über die Mahlzeit hermachte, ging sie zur Kaffeemaschine. „Ich mache uns mal einen schönen Kaffee. Keine Angst, der ist koffeinfrei. Du kannst danach trotzdem schlafen."

Sie goss zwei Tassen ein, stellte eine vor ihn und setzte sich ihm gegenüber. „Wir haben uns ja noch gar nicht vorgestellt. Ich heiße Lieschen, Lieschen Schnell." Erwartungsvoll schaute sie ihn an, aber sie erhielt keine Antwort. Aber sie war hartnäckig. „Willst du mir deinen Namen nicht sagen? Wir zwei sitzen hier zusammen und trinken Kaffee. Da sollte ich doch wissen, wie ich dich anrede."

Schließlich antwortete er widerstrebend: „Ahmed."

„Na siehst du, geht doch. Ahmed, ein schöner Name. Das ist arabisch, oder?"

„Ich stamme aus dem Irak, aber ich möchte nicht weiter darüber reden."

„Brauchst du auch nicht. Das kann ich verstehen. Schlechte Erinnerungen. Bei euch war ja einiges los, zuerst dieser Schah und dann dieser Sadat."

„Der Schah war im Iran, und Sie meinen vermutlich Saddam", korrigierte er sie.

„Richtig, genau den meinte ich", bestätigte sie. „Aber jetzt ist es an der Zeit zu schlafen. Draußen ist noch einiges los. Eben ist wieder ein Streifenwagen vorbeigefahren. Ich will gar nicht wissen, wen die suchen."

Leyendecker hatte die Fingerabdrücke von der Flasche genommen. Das konnte er noch, schließlich hatte er das einmal gelernt, auch wenn dies heute eher Aufgabe der Spurensicherung war. Er scannte sie ein und landete einen Treffer. Der Abdruckverursacher war registriert. Es handelte sich um den irakischen Staatsangehörigen Ahmed Radhi, der als Jugendlicher nach Deutschland gekommen war. Ob er allerdings als Asylbewerber anerkannt war, ob er lediglich geduldet wurde oder ob er Deutschland bereits wieder verlassen hatte, konnte er dort nicht erkennen. Aber es würde ja wohl nicht viele Personen dieses Namens mit dem passenden Geburtsdatum in Deutschland geben.

Vielleicht hatte er ja Glück und fand ihn in den Meldedaten aus Rheinland-Pfalz. Tatsächlich war in Hermeskeil eine Person dieses Namens mit passendem Geburtsdatum gemeldet. Er ließ sich mit den dortigen Kollegen verbinden. Die waren auch sehr hilfsbereit und sagten zu, am Wohnsitz Radhis einmal nachzufragen.

Es dauerte keine Stunde, da kam der Rückanruf auch schon. Sie hätten die Wohnung Radhis aufgesucht, in der er mit zwei weiteren Landsleuten wohne, den Gesuchten aber nicht angetroffen.

Seine beiden Mitbewohner wüssten angeblich nicht, wo er sich tatsächlich aufhalte. Er sei wohl schon einige Zeit verschwunden.

Leyendecker fragte noch nach, ob ihnen diese Aussagen glaubhaft erschienen seien.

Die Kollegen erklärten, dass sie so recht dem Braten nicht trauten, aber Genaueres könnten sie auch nicht sagen.

Leyendecker überlegte noch kurz, ob er die Kollegen vom BKA informieren solle, aber er verwarf diesen Gedanken schnell wieder. Vermutlich hätten die ihn lediglich gefragt, wie er an die Fingerabdrücke gekommen sei. Er schrieb den jungen Mann zur Fahndung aus.

Ulla wusste nicht so richtig, wie sie das Geschehen der vergangenen Nacht einordnen sollte. Aber auch das, was Leyendecker ihr nach seiner Rückkehr aus Köln berichtet hatte, trug wohl eher mehr zur Verwirrung, denn zur Aufklärung bei. Fest stand wohl, dass die beiden vom BKA die Aufgabe hatten, hier einige Nebelkerzen zu zünden. Aber ansonsten, wo war die Verbindung zu Robert Jordan? Vielleicht musste sie noch einmal von ganz vorne beginnen. Sie nahm sich alle Unterlagen des Falles Jordan noch einmal zur Hand und ging sie intensiv durch, ohne allerdings fündig zu werden. Was war am Katharinenmarkt geschehen?

Sie erinnerte sich daran, dass die Westerwälder Zeitung immer eine Fotostrecke von diesem Ereignis veröffentlichte. Sie hatte wenig Hoffnung, dort etwas zu finden, etwas anderes fiel ihr aber auch nicht ein, also rief sie die entsprechende Seite auf. Systematisch ging sie Bild für Bild durch. Es wäre ja auch zu schön gewesen. Wieder einmal Fehlanzeige. Sie hatte das Internet bereits verlassen, als sich so ein leiser Zweifel in ihrem Kopf festsetzte. Also rief sie die Bilder erneut auf und blätterte sie noch einmal durch, diesmal von hinten nach vorne. Beim dritten Bild hielt sie inne. Täuschte sie sich, oder war da Oberender im Hintergrund eines Bildes zu sehen. Sie versuchte einen Ausschnitt zu vergrößern, aber der wurde unscharf.

Schneider hätte mit Sicherheit einen besseren Ausschnitt zustande gebracht. Vermutlich hätte der einige Filter darüber gelegt. Aber Schneider war heute am Sonntag nicht zu erreichen. Aber es gab ja noch eine andere Möglichkeit. Sie griff zum Telefon.

Sie rief den Fotografen der Bilder an. Sie entschuldigte sich, dass sie ihn an einem Sonntag störe, aber er erklärte, der Sonntag sei für ihn ein ganz normaler Arbeitstag. Ohnehin fänden die meisten Veranstaltungen, bei denen er als Fotograf gefragt sei, am Wochenende statt. Ja, selbstverständlich hätte er noch mehr Aufnahmen gemacht. Natürlich seien die mit Datum und Uhrzeit versehen. Die seien auf seinem Computer gespeichert, Ulla könne sie gerne haben. Es wäre kein Problem, ihr diese zu mailen. Als Gegenleistung bat er darum, Ulla möge doch an ihn denken, wenn sie irgendwann ein interessantes Motiv hätte. Dieses sagte sie gerne zu.

Als Ahmed Radhi aufwachte, war es bereits nach acht Uhr. Obwohl sein Körper noch voller Adrenalin war, hatte die Müdigkeit ihn doch übermannt, und er war nach kurzer Zeit eingeschlafen. Nun brauchte er eine gewisse Zeit, bis er sich wieder orientierte. Die Ereignisse der Nacht fielen ihm gleich wieder ein. Er war völlig unschlüssig, was er jetzt unternehmen sollte. In sein ursprüngliches Versteck konnte er natürlich nicht zurück. Zu allem Überfluss war jetzt auch noch die Polizei hinter ihm her. Er war zwischen zwei Fronten geraten und sah keinen Weg, wie er das ändern konnte. Auf Dauer konnte er wohl kaum bei der alten Frau bleiben, aber im Augenblick blieb ihm wohl nichts anderes übrig.

Frau Schnell werkelte bereits in der Küche. Es roch nach frisch aufgebrühtem Kaffee und irgendwoher hatte sie auch frische Brötchen besorgt. „Setz dich", forderte sie ihn auf, „lass uns frühstücken. Nach einem ordentlichen Frühstück sieht die Welt gleich ganz anders aus."

Ahmed hatte da so seine Zweifel. Trotzdem setzte er sich, nahm einen Schluck Kaffee und griff nach einem Brötchen.

Ulla hatte sich nicht getäuscht. Auf einem anderen Foto war es noch deutlicher zu sehen. Sie rief Leyendecker zu sich. „Sie dir dieses Foto mal an", forderte sie ihn auf.

„Das ist doch ..."

„Richtig, das ist Frank Oberender, und das daneben ist seine Frau", unterbrach sie ihn. „Und schau dir mal Datum und Uhrzeit an."

„Du hast recht. Die Uhrzeit stimmt ziemlich genau mit der Zeit überein, zu der das letzte uns bekannte Foto von Jordan gemacht wurde. Das schafft doch eine gewisse Klarheit."

„Bisher hatten wir ja immer noch im Hinterkopf, dass Oberender doch etwas mit dem Verschwinden des Amerikaners zu tun haben könnte. Von dieser Theorie müssen wir uns wohl endgültig verabschieden. Um diese Zeit befand er sich auf dem Alten Markt vor der Pizzeria. Also kann er unmöglich auf Jordan getroffen sein. Die beiden scheinen in die Pizzeria zu gehen. Um alle Zweifel aus dem Weg zu räumen, können wir dort ja mal nachhören."

„Es ist gleich Mittag. Da können wir gleich etwas essen."

Die junge Frau, die sie bediente, konnte bestätigen, die Oberenders am Katharinenmarkt gesehen zu haben, aber mit der Uhrzeit wollte sie sich nicht so genau festlegen. Aber sie würde nachsehen. An solchen Tagen bekomme man ohnehin nur Platz, wenn man reserviert habe. Sie nahm die Bestellung entgegen.

Ulla orderte einen italienischen Salat, Leyendecker eine Pizza mit Salami und Pilzen.

Als sie die Getränke brachte, ein Wasser für Ulla, ein Bier für Leyendecker, hatte sie einen Ausdruck der Reservierungen vom Katharinenmarkt dabei. Es traf zu. Oberender hatte für sechzehn Uhr einen Tisch für sechs Personen reserviert.

„Etwas Gutes hat diese Erkenntnis wenigstens", sagte Leyendecker. „Wir können nun endgültig ausschließen, dass Oberender etwas mit Jordans Verschwinden zu tun hat. Für den Dreck, den er sonst am Stecken hat, sind die beiden Gestalten vom BKA zuständig."

„Die haben genug damit zu tun, diesen Dreck unter den sprichwörtlichen Teppich zu kehren", stellte Ulla fest. „Aber was bleibt für unsere Ermittlungen dann noch übrig?"

„Das ist wenig genug, wir haben so gut wie nichts", stellte er fest. „Wir haben so gut wie nichts. Neue Zeugen sind trotz der Belohnung nicht aufgetaucht. Das Einzige, was wir wirklich haben, ist die Aussage, er habe seine Großmutter gesehen."

„Das hat er doch wohl nur im übertragenen Sinne gemeint."

„Natürlich, aber etwas anderes haben wir nun mal nicht. Das ist unser letzter Strohhalm. Wir müssen alles über diese Großmutter in Erfahrung bringen."

Esther Jordan war zu Hause. „Kommen sie doch herauf", bat sie, nachdem Ulla die Klingel der Ferienwohnung in der Wilhelmstraße betätigt hatte.

Die Wohnung war vielleicht fünfzig Quadratmeter groß. Nicht feudal, aber geschmackvoll und einladend eingerichtet. Die Amerikanerin deutete auf die Couch. „Kann ich ihnen etwas anbieten? Gibt es etwas Neues von meinem Vater?"

„Machen Sie sich keine Mühe", bat Ulla. „Leider gibt es nichts Neues, außer dass wir jetzt definitiv ausschließen können, dass dieser Oberender etwas mit dem Verschwinden Ihres Vaters zu tun hat. Er war nicht zu Hause, als Ihr Vater vor seinem Haus fotografiert wurde. Dafür gibt es Zeugen."

„Irgendetwas muss Sie doch zu mir geführt haben." In dem Satz schwang eine leise Hoffnung mit.

„Wir möchten Ihnen nicht verhehlen, dass wir mit unserer Weisheit so ziemlich am Ende sind. Das Einzige was wir noch haben, ist seine Aussage, er habe seine Großmutter gesehen."

„Was soll das bringen. Wir wissen doch alle, dass das nicht sein kann."

„So vage das auch ist", erklärte Ulla, „wir müssen alles über diese Frau erfahren. Das ist praktisch unsere letzte Hoffnung."

„Was ich über sie weiß, habe ich Ihnen bereits gesagt, ich habe sie ja nicht gekannt."

„Gibt es irgendwelche Unterlagen?", fragt Ulla.

„Doch, da gibt es etwas. Mein Vater hat einen Ordner mit Urkunden und Bildern. Nicht viel, aber etwas ist doch vorhanden."

„Es wäre gut, wenn wir die hätten", erklärte Ulla.

„Die sind natürlich in Amerika. Aber warten sie. Mein Vater hat ein Hausmädchen, die hat einen Schlüssel zu der Wohnung. Ich könnte ihr erklären, wo sich der Ordner befindet. Aber wie kommt der dann hierher?"

„Selbst per Luftpost würde das doch eine gewisse Zeit dauern", erklärte Ulla. „Aber man kann die Sachen ja auch einscannen und nach hier mailen."

„Dazu ist die Gute nicht in der Lage. Sie ist eine treue Seele, aber den Errungenschaften der neuen Zeit gegenüber nicht sehr aufgeschlossen. Aber das ist kein Problem. Ich rufe sie an und bitte sie, den Ordner in unsere Kanzlei zu bringen. Die haben alle notwendigen Gerätschaften. Lassen Sie mir ihre Karte hier. Die Unterlagen werden Ihnen dann direkt zugemailt."

Kapitel 10

Als sie zur Dienststelle zurückkamen, stakste Brigitte Nielsen auf sie zu. Leyendecker wunderte sich, dass die beiden vom BKA tatsächlich auch am Sonntag arbeiteten. Nach den Erkenntnissen, die er inzwischen gewonnen hatte, war dies doch völlig unnötig. Vermutlich wollten sie nur den Schein wahren, oder ihn und Ulla im Auge behalten, falls sie doch etwas Kompromittierendes herausfanden.

Für die zweite Alternative sprach die Frage der BKA-Beamtin. „Wie ich höre, haben Sie einen Ahmed Radhi zur Fahndung ausgeschrieben? Was ist der Anlass der Fahndung?"

„Es handelt sich um einen jungen Iraker, Frau Kleinhans", antwortete Leyendecker.

„Und warum wird nach ihm gefahndet? Kommen Sie! Lassen Sie sich nicht jedes Wort aus der Nase ziehen!"

„Seine Fingerabdrücke wurden gefunden."

„Wo wurden die gefunden?" Langsam verlor sie die Geduld mit diesem schwerfälligen, mundfaulen Westerwälder, was Leyendecker durchaus amüsierte.

„Ich lasse euch dann mal allein. Ich habe noch zu tun", erklärte Ulla und machte sich grinsend davon.

„In einer stillgelegten Fabrik ist es gestern Nacht offenbar zu einer Schießerei gekommen."

„Wir wurden davon unterrichtet. Da wurden seine Fingerabdrücke gefunden? Bisher haben wir den Bericht der Spurensicherung nicht erhalten."

„Es soll ja heute noch Beamte geben, die selbst in der Lage sind, Fingerabdrücke sicherzustellen. Wie kommen Sie überhaupt darauf, dass der Bericht der Spusi an Sie geht? Haben Sie jetzt alle Fälle von uns übernommen, oder haben Sie irgendwelche Anhaltspunkte dafür, dass die Explosion und die Ereignisse der vergangenen Nacht zusammenhängen?"

Nach einem kurzen Zögern antwortete sie: „Sie wissen genau, dass ich darauf nicht antworten kann, aber können Sie das ausschließen?"

„Ich kann zum jetzigen Zeitpunkt überhaupt nichts ausschließen, gute Frau." Leyendecker merkte, wie sein Gegenüber bei den Worten gute Frau zusammenzuckte, fuhr aber trotzdem ungerührt fort: „Sie sollten sich endlich einmal darüber im Klaren sein, dass weder Sie noch Ihr Kollege meine Dienstvorgesetzten sind und folglich auch nicht berechtigt, sich in meine Fälle einzumischen. Wenn Sie mich freundlich darum bitten, bin ich vielleicht bereit, Ihnen Auskünfte zu erteilen."

Mit diesen Worten ließ er sie auf dem Flur stehen und schloss seine Zimmertür hinter sich.

Das musste nun einmal gesagt werden. Natürlich war er nur vordergründig bereit, den beiden Einblick zu gewähren.

Er sah im Computer nach. Der vorläufige Bericht der Spurensicherung war doch an ihn gegangen. Die Kollegen hatten wieder einmal schnell gearbeitet. Man hatte Geschosse aus drei verschieden Pistolen gefunden. Bei der einen handelte es sich um eine Makarov. Die beiden anderen wurden von Heckler und Koch produziert. Die sichergestellten Fingerabdrücke wurden ebenfalls als die eines Ahmed Radhi identifiziert. Es fanden sich noch zahlreiche andere Abdrücke, die aber offenbar deutlich älter und für den Fall ohne Bedeutung waren. Das Blut war noch relativ frisch und stammte lediglich von einer Person, der es dann auch zugeordnet werden könnte, sofern man eine Vergleichs-DNA hätte. Eine solche war jedoch nicht gespeichert.

Zunächst konnte wohl nichts unternommen werden. Vielleicht brachte die Fahndung ja irgendwelche Ergebnisse. Im Übrigen war erhöhte Aufmerksamkeit geboten, was man den Besatzungen der Streifenwagen entsprechend einschärfen musste. Es lag nahe, dass dieser Ahmed Radhi die Person war, der der Fremde gefolgt war, der Karlchen niedergeschlagen hatte. Leyendecker war sich sicher, dass dies nicht das Ende der Fahnenstange war. Weitere Ereignisse würden die Kleinstadt in Atem halten. Sie mussten so gut es ging dagegen gewappnet sein.

Ahmed Radhi hielt sich immer noch im Haus von Lieschen Schnell auf, die ihn gründlich bemutterte. Zum Mittagessen hatte es Hähnchenschenkel und Reis gegeben. Zum Nachtisch hatte sie einen Schokoladenpudding gekocht. Damit er wieder auf die Füße komme, wie sie sich ausdrückte. Trotzdem konnte er dort nicht auf Dauer bleiben. Irgendjemand würde ihn finden, ob das zuerst die Polizei war oder die anderen, konnte er nicht sagen. Jedenfalls war beides nicht erstrebenswert. Vielleicht sollte er sein Vorhaben aufgeben und einfach abhauen. Aber wohin? Nach Hermeskeil konnte er auch nicht mehr, dort würde man ihn vermutlich schon erwarten. Vielleicht einfach untertauchen. Mit der Zeit würde sich schon eine Lösung finden. Aber zunächst musste er tatsächlich wieder zu Kräften kommen, und er konnte auch nicht voraussagen, wie sich seine Wunde entwickelte.

Ulla und Leyendecker waren zu der vorläufigen Erkenntnis gelangt, für heute nichts mehr tun zu können. Man musste abwarten, ob die Fahndung nach dem Iraker neue Erkenntnisse brachte.

Leyendecker wollte den restlichen Nachmittag vor dem Fernseher verbringen. Ulla hingegen zog ihre Joggingsachen an. Leyendecker war das völlig unverständlich, denn draußen herrschte absolutes Sauwetter. Außerdem fing es zu so früher Stunde bereits an zu dunkeln. Aber Ulla war so an die Rennerei gewöhnt, dass sie den sogenannten inneren Schweinehund nicht mehr bekämpfen musste. Der machte sich schon lange nicht mehr bemerkbar.

Auch diesmal beschloss sie, einige Runden durch die Stadt zu drehen. Bei dieser Gelegenheit konnte sie gleich einmal nach dem rechten sehen, denn während ihres Laufs kam sie an Stellen, die selten ein Streifenwagen aufsuchte. Wie meist führte sie ihr Weg über den Rothenberg zum Krankenhaus dann über die Borngasse bis zur Ziegelhütte und zurück, um dann im Burggarten ein paar Runden zu drehen. An Tagen wie diesen, an denen nicht viele Leute unterwegs waren, lief sie meistens durch die Innenstadt. Heute entschloss sie sich jedoch, den Heimweg über den Alexanderring anzutreten. Sie hatte den Burggarten gerade verlassen, als sie wieder dieses beklemmende Gefühl erfasste, was sie kürzlich gespürt hatte, als sie sich am Anwesen der Oberenders beobachtet fühlte.

Innerlich den Kopf schüttelnd lief sie weiter. Ob es Neugier, Wachsamkeit oder eine andere Eingebung war, jedenfalls sah sie sich doch genötigt umzukehren, als sie den Kreisel erreichte, wo Graf-Heinrich-Straße, Alexanderring und Steinweg aufeinandertreffen.

Als sie zurücklief, stand es da. Das Fahrzeug war ein zum Wohnmobil umgebauter Sprinter. Schwarz, anthrazit oder dunkelblau, so genau konnte sie in dem Dämmerlicht die Farbe nicht erkennen. Nun stehen an dieser Stelle, dort ist ein Rastplatz für Wohnmobile, häufiger Fahrzeuge mit fremden Nummernschildern. Aber um diese Zeit war das schon ungewöhnlich, wird dieser Platz doch vorwiegend in den Sommermonaten genutzt. Es sei denn, in Hachenburg finden irgendwelche Veranstaltungen statt. Am Katharinenmarkt parken hier häufig Marktbeschicker. Auch zu Silvester sieht man gelegentlich hier Wohnmobile. Natürlich konnte der Sprinter auch Arbeitern gehören, die hier auf Montage waren, aber Ulla glaubte nicht daran. Das mulmige Gefühl blieb. Ulla konnte gerade noch das Kennzeichen erkennen. Es handelte sich um eine Frankfurter Nummer. Sie nahm ihr Handy aus der Tasche und notierte sie. Da trat ein kräftiger Mann hinter dem Fahrzeug hervor und starrte zu ihr herüber. Sein Gesicht konnte sie nicht erkennen. Sie sah lediglich immer wieder eine Zigarette aufleuchten.

Es war vielleicht eine Minute, die sie sich gegenüberstanden. Es kam ihr allerdings länger vor. Was sollte sie tun? Zu dem Mann hingehen und ihn um seinen Ausweis bitten konnte sie nicht. Schließlich war sie ja nur in Joggingkleidung unterwegs und ihr Dienstausweis lag zu

Hause im Wohnzimmer. Als sie kehrtmachte und den Heimweg antrat, spürte sie die Blicke des Fremden auf ihrem Rücken. Sie hatte das Gefühl, dass das nicht die letzte Begegnung mit diesem Mann gewesen war.

Zu Hause berichtete sie Christoph von dem Erlebnis.

„Wahrscheinlich hast du dir das nur eingebildet", antwortete er. „Aber manchmal ist an so einem Gefühl doch etwas dran. Wir sollten feststellen, mit wem wir es zu tun haben. Schick mal eine Streife dorthin. Die sollen dem Kerl mal auf den Zahn fühlen."

Als der Streifenwagen eintraf, fanden die Uniformierten lediglich einige Kippen vor. Sie verzichteten jedoch darauf, diese für eine DNA-Untersuchung mitzunehmen. Wie hätten sie eine solche auch begründen sollen. Kurz darauf setzte auch der bereits angekündigte Schneefall ein.

Ahmed Radhi nahm immer noch die Gastfreundschaft von Lieschen Schnell in Anspruch. Aber er fühlte sich eingesperrt. Entgegen der Empfehlung seiner Gastgeberin beschloss er, das Haus für einige Minuten zu verlassen. Er hielt es für notwendig, sich in der näheren Umgebung etwas umzusehen. Er war hier zwar schon einige Male vorbeigekommen, aber natürlich reichte das nicht aus, um etwaige Fluchtwege zu erforschen. Außerdem konnte es ja nichts schaden, sich in der näheren Umgebung umzusehen, ob er dort nicht ein Fahrzeug requirieren konnte, das ihm bei einer eventuellen Flucht nützlich sein konnte. Er war kein geübter Autoknacker. Wenn er nicht das Glück hatte, dass der Besitzer seinen Schlüssel stecken gelassen hatte, was hier in der ländlichen Umgebung durchaus einmal vorkommen konnte, musste es schon ein alter PKW sein, den er einfach kurzschließen konnte, wie der Kleinwagen, in dem er die Sprengladung deponiert hatte. Mit der Elektronik der neueren Fahrzeuge kannte er sich nicht aus. Außerdem fehlte im hierfür auch das notwendige Equipment.

Er besah sich gerade ein gelbes Mini-Cabriolet, als er aus den Augenwinkeln mitbekam, dass sich eine Haustür öffnete. Schnell duckte er sich hinter das Fahrzeug und sah, dass eine alte Frau in einer Kittelschürze eine dicke, graue Katze herausließ, der das aber anscheinend nicht so sehr zu gefallen schien.

„Stell dich nicht so an, Balboa. Das ist doch nur Schnee. Ich lasse dich gleich wieder herein", hörte er sie sagen.

Die Fußspuren, die Ahmend im Schnee hinterlassen hatte, schien sie nicht zu bemerken. Trotzdem beschloss, er zurückzukehren. Er wusste ja nicht, wie viel Zeit die Frau dem Kater einräumte. Als er Frau Schnells Haus betrat, fuhr gerade ein dunkler Sprinter vorbei. Er maß dem jedoch keinen besondere Bedeutung bei.

Als Leyendecker und Ulla am nächsten Morgen das Haus verließen, war der meiste Schnee bereits wieder geschmolzen. Am Himmel zog ein Schwarm Kraniche, deren heißere Schreie bis zu ihnen herunter drangen. Ein untrügliches Zeichen, dass das Jahr bald zu Ende ging. Hoffentlich nahmen sie den Fall Peter Jordan nicht als Ballast über den Jahreswechsel mit.

Auf der Dienststelle brachten sie dann bald in Erfahrung, dass es sich bei dem zum Wohnmobil umgebauten Sprinter um einen Leihwagen handelte. Der Verleiher konnte den Mann, der das Fahrzeug geliehen hatte, recht gut beschreiben. Zweifellos war der mit dem Mann, den Ulla gesehen hatte, identisch. Vermutlich war der auch derjenige, der Karlchen das Veilchen verpasst hatte. Er hatte auch einen Personalausweis vorgelegt, den die Firma kopiert hatte. Man hatte ihnen den Ausweis zugefaxt. Leider mussten sie aber feststellen, dass das Papier seit zwei Monaten als verloren gemeldet war.

Leyendecker war sicher, dass sich der Fahrer des Wohnmobils noch hier in der Gegend aufhielt. Er glaubte, dass der Mann einen Auftrag hatte und dass dieser Auftrag noch nicht ausgeführt war. Genauso sicher war er, dass dieser Mann gefährlich war. Ullas mulmiges Gefühl hatte sie mit Sicherheit nicht getrogen. Also hieß es, äußerste Vorsicht walten zu lassen. Die Streifen sollten vermehrt nach dem Fahrzeug Ausschau halten, aber nicht eingreifen, wenn sie es entdeckten. Eigensicherung hatte oberste Priorität. Er gab Anweisung, ihn sofort zu benachrichtigen, wenn der Mann entdeckt wurde. Wie sich das weitere Prozedere gestalten würde, wusste er selbst noch nicht. Das musste er dann wohl nach der jeweiligen Situation entscheiden. Am liebsten hätte er das SEK eingeschaltet, sobald der Fremde wieder irgendwo auftauchte. Aber er wusste, dass dies nicht möglich war. Dafür wussten sie zu wenig über den Mann. Und bloß auf einen vagen Verdacht hin war es völlig undenkbar, dass der Einsatz dieses Spezialkommandos genehmigt wurde. Es galt also abzuwarten und gegebenenfalls zu improvisieren.

Es war den ganzen Tag trocken geblieben. Am Nachmittag war sogar kurz die Sonne herausgekommen. Aber kaum hatte Bergers Spätschicht begonnen, setzte leichter Schneefall ein. Als er und Starck dann im Streifenwagen saßen, fielen bereits große, feuchte Flocken. Es war immer unangenehm, bei Schneefall Streife zu fahren. Einerseits konnte es jederzeit passieren, dass man ins Rutschen kam und gegen irgendeinen Zaun, eine Gartenmauer oder gegen ein Schild fuhr. Natürlich fuhren sie nicht zum ersten Mal bei Schnee und passten die Geschwindigkeit entsprechend an, dass es nach menschlichem Ermessen zu keinen Unfällen mit Personenschäden kommen konnte, allerdings zogen die leichten Blechschäden immer einen Wust von Berichten, Erklärungen und dummen Fragen nach sich. Aber der Schneefall hatte noch einen weiteren Nachteil. Man saß in dem Auto und bekam so gut wie nichts mit. Die Sicht wurde durch den Schneefall doch erheblich eingeschränkt, denn die Scheiben beschlugen, und man hörte außer dem rhythmischen Geräusch des Scheibenwischers kaum etwas.

Bei solchem Wetter den Steinweg herunter zu fahren, war kaum möglich. Auf eine solche Rodeltour wollten sie sich doch nicht einlassen. Trotzdem hatten sie sich vorgenommen, durch den Stadtteil Altstadt zu fahren, um bei dieser Gelegenheit einen Blick auf die ehemalige Fabrik zu werfen, in der es vor wenigen Tagen zu dieser ominösen Schießerei gekommen war. Sie fuhren daher über die Koblenzer Straße. Im Kreisel auf der Höhe des Baumarkts bogen sie links in die Kirchstraße und kurz danach rechts in die Rheinstraße.

Als sie am Gasthaus zum Stern vorbeifuhren, hatte Berger eine Intuition. „Lass uns einmal kurz den Parkplatz vor dem ehemaligen Feuerwehrhaus inspizieren", bat er seinen Kollegen. „Fahr mal links ab."

Starck wischte über die beschlagene Frontscheibe. „Der da hinten, das könnte der Sprinter sein, nach dem wir die Augen aufhalten sollen."

„Du hast recht", bestätigte Karlchen. „Ein anthrazitfarbenes Wohnmobil, soweit man das bei dem Schnee erkennen kann. Und die Nummer stimmt auch."

„Sollen wir uns das mal näher ansehen?", erkundigte sich Starck.

„Das sollten wir besser lassen", antwortete Berger. „Du weißt doch, wir sollen uns fernhalten."

„Seit wann richtest du dich danach, was man dir sagt?"

„Ich glaube, es ist besser so. Ich rufe gleich mal unseren Chef an.

Leyendecker war sofort am Apparat. „Glaubst du, er ist noch in dem Wohnmobil?", fragte er.

„Es sieht nicht so aus. Da drinnen rührt sich nichts. Außerdem habe ich den Eindruck, dass Spuren von dem Fahrzeug wegführen. Aber die sind kaum zu erkennen und bei dem Schneefall in ein paar Minuten ganz verschwunden. Sollen wir nachsehen?"

„Haltet euch zurück. Ihr müsst die Umgebung unauffällig im Auge behalten."

„Klar doch", antwortete Karlchen. „Es gibt ja auch nichts Unauffälligeres als einen Streifenwagen."

„Da hast du wieder einmal recht", bestätigte Leyendecker. „Du fährst doch inzwischen auch so ein SUV, oder wie die Dinger heißen. Vermutlich hast du nicht mehr in einen normalen

PKW gepasst, aber bei solchem Wetter sind die ja wohl ganz praktisch."

„Zuerst beleidigst du mich, und dann soll ich meinen privaten PKW nehmen?"

„Sie nicht eingeschnappt. Vielleicht informierst du noch ein paar Kollegen, die mit ihren privaten Fahrzeugen so eine Art Streifendienst fahren."

„Überstunden sind angeordnet?"

„Mach dir darum keine Gedanken."

„Möglicherweise ist er ja in den Stern, um etwas zu essen", sagte Starck, als Berger das Gespräch beendet hatte. „Sollen wir mal nachsehen?"

„Sehr unauffällig, uniformiert in eine Kneipe zu gehen. Aber ich rufe da gleich mal an."

„Ich hatte schon erwartet, dass du dich meldest", erklärte die Wirtin. „Es ist jetzt beinahe ein Jahr vorbei, und eure Sachen liegen noch vom letzten Jahr hier."

„Ich kümmere mich darum, versprochen. Aber hör zu, es geht um etwas Wichtiges. Sieh dich mal unauffällig um, ob ein kräftiger, durchtrainierter Mann bei euch in der Kneipe ist."

„Da brauche ich mich nicht erst umzusehen. Bei dem Wetter sind kaum Gäste da. Ein solcher Mann ist nicht darunter. Um was geht es denn? Seid ihr hinter jemand her?"

„Erzähl ich dir später", erklärte Berger und legte auf.

Es war endgültig an der Zeit, die Angelegenheit zu Ende zu bringen. Zweimal war ihm diese Ratte schon entkommen. Ein drittes Mal durfte das nun wirklich nicht passieren. Konstantin Olschowski besaß auch so eine Art Berufsstolz. Eigentlich hätte er erwartet, dass der Kleine nach der Begegnung in der Fabrikhalle schnellstmöglichst das Weite gesucht hätte. Um so erstaunter war er gewesen, als er ihn gestern nur wenige Meter entfernt von dem Punkt entdeckt hatte, an dem sie ihn aus den Augen verloren hatten. Entweder war der Kerl dämlich, oder er hatte mehr Mumm, als Olschowski erwartet hatte. So oder so, es war besser, dass er sich noch hier aufhielt. So war wenigstens gewährleistet, dass er nicht irgendwann wieder auftauchte. Der Söldner kannte nicht die Beweggründe, die den jungen Mann zu dem Versuch veranlasst hatten, seinen Auftraggeber zu töten. Das war ihm auch egal. Er wusste, dass sein Chef in der Vergangenheit einigen Personen einen entsprechenden Anlass gegeben hatte. Allerdings waren die meisten dieser Personen nicht mehr dazu in der Lage, sich zu rächen. Nur selten blieben unmittelbar Betroffene als Zeugen zurück. So war das Geschäft nun mal.

Der Schneefall machte ihm nichts aus. Er nahm das Wetter kaum noch zur Kenntnis. Die paar Flocken waren nicht vergleichbar mit den Monsunregen oder den Sandstürmen, mit denen er es schon zu tun hatte. Eigentlich war das Wetter recht passend, blieben die verweichlichten Mitteleuropäer doch eher in ihren Behausungen, und er blieb weitgehend unbemerkt. Also machte er sich auf den Weg, wurde jedoch nach ein paar Schritten eines Besseren belehrt. Da war tatsächlich ein älterer Mann, der das Ende des Schneefalls nicht abwarten konnte, dabei, die Bürgersteige mit einem Schneeschieber zu reinigen. Konstantin Olschowski zog die Kapuze seiner Jacke ins Gesicht und stapfte, während er etwas Unverständliches murmelte, an dem Mann vorbei, der jedoch keinerlei Notiz von ihm nahm. Der Mann sah auch nicht, wie der Fremde links in einen leicht ansteigenden Hof eines älteren Hauses abbog.

Konstantin Olschowski hatte sich keinen Plan zurechtgelegt. Er liebte es zu improvisieren. Ohnehin geschah meist etwas Unvorhergesehenes, das dann die schönen Pläne ad absurdum führte. Das Einfachste wäre gewesen, einfach die Klingel zu betätigen und sich, wenn die Haustür geöffnet wurde, gewaltsam Zutritt zu verschaffen. Er verwarf diesen Gedanken aber recht bald. Eine solche Aktion würde kaum geräuschlos vor sich gehen, und in einer sonst so stillen Nacht vermutlich einige Aufmerksamkeit erregen. Und Aufmerksamkeit war das Letzte, was er gebrauchen konnte. Außerdem konnte man nie ganz sicher sein, ob seine Zielperson nicht doch bewaffnet war. Zwar hatten sie seine Pistole nach der Schießerei in der Fabrik sichergestellt. Das besagte aber nicht, dass er über keine weiteren Waffen verfügte.

Er entschied sich, erst einmal die Umgebung zu sondieren. Er hatte ja keinerlei Eile und umrundete das Haus. Die Fußabdrücke, die er dabei im Schnee hinterließ, waren ihm relativ gleichgültig. Die würden wohl kaum Hinweise auf seine Identität liefern. Er führte noch einen kleinen Koffer mit unbenutzter Kleidung mit sich. Alles Andere, mit Ausnahme der Waffen, würde er nach Erledigung seiner Mission, zusammen mit dem Wohnmobil verbrennen.

Das Haus war weitgehend unbeleuchtet. Die Lampe, die im Flur brannte, hatte er bereits an der Haustür bemerkt. Außer dieser war nur noch ein Fenster im Erdgeschoss beleuchtet. Er näherte sich vorsichtig und sah in das Innere. In einer recht modernen Küche saßen an einem weißen Tisch seine Zielperson und eine alte Frau. Die alte Frau redete gestikulierend auf den jungen Mann ein, der jeweils nur kurze Antworten gab. Der junge Mann hatte zwar die Schulter verbunden, aber es schien ihm recht gut zu gehen. Eine Waffe war nicht zu sehen, trotzdem war es besser, vorsichtig zu sein.

Er hatte seinen Entschluss gefasst. Er würde versuchen, möglichst lautlos einzudringen. Gelegenheit dazu bot ein niedriges Kellerfenster, welches ihm kaum Widerstand entgegensetzte. Er nahm eine kleine Taschenlampe und leuchtete ins Dunkel. Es war einer jener niedrigen Keller, wie sie bei älteren Häusern weit verbreitet sind. Er konnte Schränke mit Einmachgläsern und ein Brettergestell erkennen, in dem Kartoffeln lagerten.

Er zwängte sich durch das enge Fenster und landete auf einem Betonboden. Ganz aufrichten konnte er sich nicht, aber er sah die Steintreppe, die nach oben führte. Ganz kurz kam ihm der Gedanke, was wohl geschehen würde, wenn oben hinter verschlossener Kellertür jemand auf ihn wartete und hier am Kellerfenster sich ein zweiter Mann postieren würde. Er wäre gefangen wie ein Dachs in seinem Bau. Aber das würde nicht geschehen. Wer sollte ihm denn hier auflauern? Außerdem hatte er noch immer eine Lösung gefunden.

Er schlich die Treppe hoch. Eine einfache Holztür mit einem gewöhnlichen Schloss. Das würde er auch im Schlaf öffnen können. Aber das war nicht nötig. Er drückte vorsichtig die Klinke nach unten. Wie es schien, ölte die alte Frau das Schloss hin und wieder, denn es war kein Laut zu hören. Die Tür war unverschlossen, und er konnte sie lautlos öffnen. Er stand in einem Flur. Links hinter dem Eingang hingen einige Kleidungsstücke an einer Garderobe. Dann war da noch ein kleines Tischchen, auf dem die Basisstation eines Telefons stand. Ansonsten war der Flur unmöbliert. Rechts führte eine Treppe aus Weichholz nach oben. Drei Türen gingen in weitere Zimmer. Seine Orientierung sagte ihm, dass die linke Tür zur Küche führte. Das zeigte auch das Licht, das durch den schmalen Spalt unter der Tür zu erkennen war. Da hörte er auch schon die Stimme der alten Frau.

Er nahm seine Pistole zur Hand, ging zu der Tür und öffnete sie mit einem Ruck. Wie er bereits vorhin durchs Fenster gesehen hatte, saßen eine alte Frau und ein junger, arabisch aussehender Mann am Küchentisch, die von seinem Eindringen völlig überrascht wurden.

Zunächst blieben beide wie erstarrt sitzen. Dann stieß die Frau einen erschreckten Schrei aus. Der junge Mann sprang auf und warf einen Teller nach ihm.

Olschowski machte eine kurze Seitwärtsbewegung. Der Teller zerschellte im Flur. Es ertönte nur ein leises metallisches Geräusch, als er ohne zu zögern die mit Schalldämpfer versehene Waffe abfeuerte.

Die Kugel traf Ahmed Radhi an der bereits verletzten Schulter, und der fiel rückwärts gegen den Küchenschrank, wo er dann stöhnend niedersank.

Immer noch entsetzt begann die Frau, erneut zu schreien.

„Halten Sie die Klappe, sonst werde ich sie Ihnen schließen!", befahl er, worauf sie weitgehend verstummte.

Nur noch ein leises Wimmern war vernehmbar.

„Nun zu dir, mein Freundchen", wandte er sich an den am Boden Liegenden, wurde aber vom Läuten des Telefons unterbrochen. „Finger weg!", befahl er, denn die Frau machte Anstalten, den Ruf anzunehmen.

Es war so, als würde die Zeit einen Augenblick stillstehen, denn alle drei hörten reglos dem Ton des Telefons zu, bis der schließlich verklang.

Unwirsch schüttelte Olschowski den Kopf. Warum ließ er sich von so einem blöden Telefon von seiner Aufgabe ablenken. Er trat den jungen Mann in den Unterleib, der den Eindruck eines in die Enge getriebenen Tiers vermittelte. „Wer bist du, und was machst du hier? Wer oder was gibt dir das Recht, hier Anschläge zu verüben. Was ist der Grund, und arbeitest du allein, oder gibt es noch mehr von deiner Sorte? Mach endlich das Maul auf!"

Ahmed Radhi sah ihn nur hasserfüllt an und schwieg.

Olschowski wollte gerade erneut nach ihm treten, als es an der Haustür klingelte. „Keinen Ton!", befahl er, „sonst fahrt ihr alle beide zur Hölle!"

Schweigend lauschten sie. Dann hörten sie eine Stimme: „Lieschen, was ist bei dir los? Kann ich dir irgendwie helfen? Lieschen, antworte doch bitte!"

Der Eindringling hielt den Finger an die Lippen und wedelte drohend mit der Pistole.

Ulla las ein Buch. Leyendecker sah fern. Aber sie konnten sich nicht so recht konzentrieren. Beide hatten das Gefühl, dass heute noch Entscheidendes geschehen würde. Es klopfte an ihrer Wohnungstür. Ulla ging hin und öffnete.

„Entschuldigung, dass ich Sie störe."

„Kein Problem, Frau Hein, Sie stören nicht", erwiderte Ulla. „Was gibt es denn?"

„Kann ja sein, dass ich mir da was einbilde. Aber da ist was komisch."

„Wo ist etwas komisch?", erkundigte sich Leyendecker, der inzwischen hinzugetreten war.

„Da drüben bei Lieschen. Da stimmt irgendwas nicht."

„Kommen Sie doch erst mal ganz herein, und setzten Sie sich", bat Leyendecker, „und dann erzählen Sie von Anfang an, was vorgefallen ist."

„Also, Balboa wollte raus, er hat sich aber gleich wieder umgedreht, als er in den Schnee getreten ist. Und da habe ich da drüben so etwas wie einen Schrei gehört. Ich habe dann angerufen, aber es hat niemand abgenommen. Dann bin ich rüber und habe geklingelt. Es hat sich nichts gerührt. Seltsam, Lieschen ist doch abends immer da. Ich fürchte, ihr ist etwas passiert. Sie kam mir ohnehin die letzten beiden Tage etwas komisch vor"

„Es wird schon nichts passiert sein", sagte Ulla beschwichtigend. „Aber wir sehen uns das mal an. Warten Sie am besten in Ihrer Wohnung, und lassen Sie niemand rein, den Sie nicht kennen."

Leyendecker schloss den kleinen Tresor auf, den sie sich inzwischen zugelegt hatten. „Man kann nie wissen", sagte er und reichte Ulla eine der beiden Pistolen und ein Reservemagazin. Die andere nahm er an sich.

Sie zogen sich eilig festes Schuhwerk an. „Was hast du den Streifen eingeschärft?", bemerkte Ulla. „Eigensicherung hat oberste Priorität."

„Willst du warten, bis jemand mit Schutzwesten kommt? Wahrscheinlich ist gar nichts, falls doch, ist alles vorbei, bis wir die Westen haben."

„Du solltest zumindest die Streife informieren."

Leyendecker griff zum Telefon. Berger meldete sich sofort. „Hallo Karlchen", sagte Leyendecker. „Ich wollte euch nur informieren, dass unsere Mieterin, Frau Hein, meint, dass in der Nachbarschaft irgendetwas vor sich geht. Ulla und ich gehen mal nachsehen."

„Sollen wir auch kommen?", erkundigte sich Berger.

„Zunächst mal nicht. Haltet weiter die Augen die Augen offen. Ich melde mich nachher noch einmal."

Der Schneefall hatte aufgehört. Es hatte begonnen zu tauen. Der Schnee war feucht und klebrig. Im Hof der Nachbarin zeigten sich Abdrücke von kleinen Füßen, die zur Haustür führten und wieder zurück.

„Das war Frau Hein", flüsterte er.

„Da sind aber noch andere Abdrücke, die stammen mit Sicherheit nicht von einer Frau, dafür sind sie zu groß. Die gehen von der Straße zum Haus und dann ums Haus. Sie verschwinden dann dort am Kellerfenster. Sie führen nicht zur Straße zurück."

„Das Fenster ist offen. Da ist er rein", stellte er fest. „Der muss noch im Haus sein."

„Irgendwie müssen wir auch da rein und das möglichst unauffällig. Einfach nur klingeln und ihn dann überraschen wird wohl nicht funktionieren. Frau Hein hat er ja auch nicht geöffnet."

„Denselben Weg wie er?"

„Erscheint wohl das Sinnvollste. Also los."

Im Flur harrten sie kurz aus. Leyendecker gab durch Zeichen zu verstehen, dass er einen Überraschungsangriff versuchen würde. Er riss die

Tür auf und drang mit vorgehaltener Pistole in die Küche ein. Sofort spürte er kühles Metall an seiner Schläfe.

„Keine Bewegung, einfach fallen lassen!", befahl eine Stimme.

Leyendecker sah den jungen Mann blutend an den Küchenschrank gelehnt. Wie es schien, war der besinnungslos. Dann schaute er nach links und sah zuerst Lieschen Schnell. Dahinter stand, den linken Arm um Frau Schnells Hals gelegt, der Mann, der ihm die Pistole an die Schläfe hielt. Verdammt, dachte Leyendecker, wir waren doch nun wirklich sehr leise, wie ist der denn nun auf uns aufmerksam geworden? Eigentlich war diese Überlegung illusorisch, dann das Warum spielte nun wirklich keine Rolle. Tatsache war, dass sein Überraschungsangriff gründlich in die Hose gegangen war. Er schätzte kurz die Situation ab und musste sich eingestehen, dass er keine Chance hatte. Also befolgte er die Anweisung.

„Sehr vernünftig", sagte der Fremde mit einem Lächeln. Dann sprach er etwas lauter: „Sie da im Flur, wer immer Sie auch sind, Sie sollten dem Beispiel ihres Begleiters folgen. Falls nicht, werde ich mich um Sie kümmern müssen. Dann werde ich mich aber vorher von dem Ballast dieser drei Personen befreien. Ich schlage vor, Sie schieben ihre Waffe am Boden hier herein und folgen dann mit erhobenen Armen. Sie haben zehn Sekunden Zeit. Ansonsten gehe ich davon aus, dass Sie die eben genannte Alternative bevorzugen. Die Entscheidung liegt allein bei Ihnen."

Ulla glaubte jedes Wort. Der Kerl war eiskalt und würde seine Drohung, ohne mit der Wimper zu zucken, umsetzen. Warum fiel ihr jetzt das von der Politik so häufig gebrauchte Wort alternativlos ein. Sie musste der Aufforderung Folge leisten, denn ein Blutbad war keine wirkliche Alternative. Sie brauchte die zehn Sekunden Bedenkzeit nicht und schob ihre Waffe in die Küche, der sie nach kurzer Zeit mit hinter dem Kopf gefalteten Händen folgte.

„Die schöne Joggerin. Wir haben uns ja bereits mehrfach gesehen, aber ich freue mich, dass wir uns einmal näher kennenlernen"

„Seien Sie vernünftig", sagte Leyendecker. „Die Kollegen sind informiert. Hier kommen Sie nicht raus. Geben Sie auf und legen Ihre Waffe nieder."

Er erhielt keine Antwort. Allerdings schien seine Aufforderung den Mann zu belustigen. Er holte aus der Vordertasche seiner Hose zwei Kabelbinder. „Binden Sie damit Ihren Kollegen an die Heizung. Bitte eine schöne Acht formen und ordentlich festziehen, wir wollen doch nicht, dass man die abstreifen kann."

„Wir tun wohl besser, was er sagt", erklärte Leyendecker resignierend. „Im Augenblick scheint er die besseren Karten zu haben. Aber das kann sich ganz schnell ändern."

„Träumen ist nicht verboten", spottete Olschowski.

Ulla wusste, dass Leyendecker innerlich vor Wut kochte. Demütigungen dieser Art konnte er nun wirklich nicht vertragen. Aber blieb ihr etwas anderes übrig? Widerstrebend befolgte sie den Befehl.

„Das haben Sie gut gemacht. Sie wissen ja jetzt, wie das geht. Jetzt sind Sie an der Reihe. Halten Sie die Arme genauso wie Ihr Kollege. Zweifellos sind Sie doch Kollegen bei der Polizei. Ich gehe davon aus, dass die alte Vettel, die vorhin geklingelt hat, sie informiert hat. Du bleibst hier stehen und rührst dich nicht, Oma! Ich muss mich nur kurz um die hübsche Dame bekümmern. Schade, dass wir so wenig Zeit haben." Er beugte sich herunter und zog die Fessel mit einer Hand fest. Ulla hatte gehofft, eine Gelegenheit für einen Angriff zu finden, aber sie hatte keine Chance. Die Pistole war immer auf ihren Kopf gerichtet.

Zwischenzeitlich kam der junge Araber zu sich. „Die haben meine Familie umgebracht. Alle sind tot."

„Wer sind die?", fragte Ulla.

„Halt einfach die Klappe!", forderte Olschowski und schoss den jungen Mann in den Bauch, woraufhin dieser verstummte.

Lieschen Schnell hatte bisher reglos da gestanden und das alles wie in Trance über sich ergehen lassen. Aber jetzt erwachte sie aus ihrer Schockstarre und rief verzweifelt: „Man muss einen Arzt holen, Ahmed stirbt! Der arme Junge!"

Leyendeckers Mitleid mit dem jungen Mann hielt sich in Grenzen. Hatte er es hier doch zweifellos mit demjenigen zu tun, der am helllichten Tag in seiner Stadt eine Bombe hochgehen ließ, ohne Rücksicht darauf zu nehmen, dass hierdurch Unbeteiligte zu Schaden hätten kommen können. Ein Verhalten, für das es keinerlei Rechtfertigungsgründe gab, egal was ihm oder seiner Familie in der Vergangenheit zugestoßen war. Er sah das alles aus der Sicht des Ordnungshüters. Er fand Ahmeds Verhalten genauso verwerflich wie das des Mannes, der sie hier gefangen hielt. Beide mussten zur Rechenschaft gezogen werden, aber im Moment waren ihm ja im wahrsten Sinne des Wortes die Hände gebunden, und er war wütend über sich selbst. Wie hatte er nur einen solchen Fehler begehen können? Trotzdem galt es, so gut wie möglich die Ruhe zu bewahren. „Machen Sie nicht noch mehr Fehler", wandte er sich an Olschowski, „unsere Kollegen werden nicht lange auf sich warten lassen. Geben Sie auf. Hier werden Sie nicht mehr herauskommen. Lassen Sie uns versuchen, den jungen Mann zu retten. Dann bleibt

Ihnen wenigstens eine Anklage wegen Mordes erspart."

Der Söldner sah ihn abfällig an. „Der einzige Grund, warum Sie und die beiden Frauen noch am Leben sind, besteht darin, dass Sie mir einen Vorsprung von zwei Stunden verschaffen können. Mehr brauche ich nicht. Wie es aussieht, sind Sie kein Streifenbeamter, sonst wären Sie nicht in Zivil hier aufgetaucht, also gehe ich davon aus, dass Sie etwas zu sagen haben. Berichtigen Sie mich, wenn ich falsch liege! Ich werde jetzt dieses Haus mit der Oma hier verlassen. Falls Ihre Kollegen Sie vor zwei Stunden finden, halten Sie sie wenigstens so lange zurück. Ich verspreche Ihnen, der alten Frau wird nichts passieren, wenn Sie meinen Anweisungen folgen. Wenn nicht, müssen Sie mit den Folgen leben. Als Zeichen meines guten Willens lasse ich Sie und die schöne Joggerin am Leben."

„Kümmert Euch nicht um mich", erklärte Lieschen Schnell, „ich bin eine alte Frau und habe mein Leben gelebt. Nehmt auf mich keine Rücksicht."

„Eine heroische Großmutter", spottete Olschowski. „Nun, Sie haben mein Angebot. Sehe ich in den nächsten zwei Stunden auch nur einen Polizisten, ist es mit der alten Dame vorbei."

„Du solltest machen, was er sagt, Lieschen", empfahl Leyendecker. „Es nützt keinem was, wenn er uns drei jetzt hier erschießt. Und das wird er, ohne mit der Wimper zu zucken, machen."

„Wenn du das sagst, bleibt mir wohl nichts anderes übrig. Ich ziehe mir dann besser ein paar feste Schuhe an und einen Mantel über."

„So ist es vernünftig." Olschowski nickte zustimmend. Dann nahm er eine Rolle Klebefolie zur Hand, mit der er Ulla und Leyendecker den Mund verklebte. „Wir wollen doch nicht, dass die beiden hier unnötig Krach schlagen."

Dem Araber schenkte er keine weitere Beachtung. Der rührte sich ohnehin nicht mehr.

„Gib mir die Haustürschlüssel!", befahl er, „ich werde mal kurz nachsehen, ob die Luft rein ist." Kurz darauf kam er zurück. „Es scheint alles in Ordnung zu sein. Machen wir uns auf den Weg, und sei vernünftig, wenn da draußen etwas schief läuft, ziehen wir uns wieder nach hier zurück. Was dann passiert, kannst du dir ja denken. Wenn uns jemand begegnet, ich bin ein entfernter Bekannter und hole dich zu einer Feier ab."

Kurz darauf hörten sie, wie die Haustür ins Schloss fiel und der Schlüssel umgedreht wurde. Sie waren allein und zur Untätigkeit verurteilt. Leyendecker war überzeugt, dass sie nicht lange hier so unentdeckt bleiben würden. Frau Hein würde schon Alarm schlagen, wenn sie nicht bald zurückkehren würden.

Kapitel 11

„Unser Chef und seine Lebensgefährtin untersuchen seltsame Vorgänge in ihrer Nachbarschaft", erklärte Karlchen. „Angeblich glaubt seine Mieterin, dass dort etwas geschehen ist."

„Glaubst du, dass das irgendetwas mit dem Mann zu tun hat, nach dem wir Ausschau halten sollen?", erkundigte sich Starck. „Wäre es dann nicht besser, wir würden auch dahin fahren? Wir sind ja ganz in der Nähe?"

„Es kann genauso gut blinder Alarm sein. Wie es scheint, hat Christoph die Befürchtung, wir würden durch unsere Uniformen unnötig Aufmerksamkeit erregen. Er wird sich schon melden, wenn irgendwas ist. Er neigt ja eigentlich nicht zu Alleingängen, ganz im Gegensatz zu Ulla."

„Vielleicht wäre es trotzdem ganz gut, wenn wir statt der Uniformen etwas anderes anziehen würden."

Es war relativ hell draußen, da der Schnee das Licht der Straßenbeleuchtung reflektierte. Lieschen Schnell hoffte, dass sie auf ihrem Weg zum Wagen Olschowskis auf niemand trafen, um so jede Komplikation oder gar Konfrontation zu vermeiden. Man hatte ihr zwar eingeschärft, ihn für einen Bekannten auszugeben, aber sie fürchtete, dass sie, aufgeregt wie sie war, irgendetwas vermasseln würde.

Die Bürgersteige waren schmal und schief. Bei solchen Witterungsbedingungen konnt man sehr leicht stürzen. Lieschen wäre lieber auf der Straße gegangen, aber ihr Begleiter schien etwas dagegen zu haben. Er ging hinter ihr auf dem Bürgersteig.

Eigentlich hatte sie ja gehofft, auf niemand zu treffen. Aber diese Hoffnung wurde leider nicht erfüllt. Wie fast jeden Abend zu dieser Zeit kam dieser Hans daher. Hans war eigentlich immer nach Feierabend in einer Gaststätte. Er teilte seine Besuche dabei relativ gleichmäßig zwischen Stern und Reiterstube auf. Wie immer war sein Gang leicht schwankend, ohne dass er wirklich auffällig torkelte. So kam er ihnen auch entgegen. Da die Bürgersteige ja nun wirklich kaum zuließen, dass sie sich aneinander vorbeizwängten, machte Lieschen eine Bewegung in Richtung Straße, zuckte jedoch wieder zurück. Das hatte den Entgegenkommenden offenbar irritiert, drehte er sich zuerst ebenfalls in Richtung Straße, um dann zurückzuzucken und danach dann doch auf die Straße zu treten. Das hatte jedoch seine Koordination überfordert. Er rutschte aus und taumelte dann, einen Fluch ausstoßend, gegen den Söldner und krallte sich an ihm fest.

Lieschen gefror das Blut in den Adern. Sie rechnete fest damit, dass ihr Begleiter das Straucheln als Finte und das Festklammern als Angriff empfand. „Warum trinkst du auch immer so viel, Hans?", rief sie aufgeregt. „Lass den Mann los!"

Olschowski hatte bereits in seiner Tasche nach der Pistole gegriffen, hielt aber inne, als Hans sich von ihm löste, irgendeine Entschuldigung stammelte und dann weiterzog. Er schaute dem nächtlichen Zecher noch kritisch hinterher, schien aber zu dem Ergebnis gekommen zu sein, dass von dem Mann keine Gefahr ausging. Also setzten sie ihren Weg fort.

In der Pizzeria brannte noch Licht. An einem Tisch am Fenster saßen vier Personen. „Ein seltsames Paar", stellte eine der Frauen fest und zeigte auf Lieschen und ihrem Begleiter. Dann wandten sich aber alle wieder ihren Nudeln zu, nicht wissend, dass in ihrer unmittelbaren Nähe spektakuläre Ereignisse vor sich gingen.

Es war ja nicht weit, sodass sie den Parkplatz bald erreichten. Es waren nur wenige Fahrzeuge dort geparkt. Olschowskis Van stand in der hinteren Ecke. Er wies sie an, zunächst zu warten, während er einen Handfeger aus dem Fahrzeug holte, um es vom Schnee zu befreien. Es wäre ja nun wirklich zu dumm gewesen, von einer Streife angehalten zu werden, weil die Scheiben nicht Schnee und eisfrei waren.

Lieschen sah die beiden zuerst und war total perplex. Wenn die Situation nicht so ernst gewesen wäre, hätte sie laut gelacht. Ob sie wollte oder nicht, wurde sie an den wohl bekanntesten Werbespruch einer inzwischen ein wenig ramponierten Lichtgestalt erinnert. „Ja ist denn heut schon ...?"

Zwei Männer kamen auf sie zu getrottet. Der eine war groß und mächtig. Er war eine imposante Erscheinung. Mit der Bischofsmütze, die er auf dem Kopf trug, war er weit über zwei Meter groß. Sein roter, mit weißem Kunstpelz besetzter Mantel, war an den Ärmeln etwas zu kurz und spannte sich über dem mächtigen Bauch, was aber seinem beeindruckenden Aussehen keinerlei Abbruch tat. Sein Gesicht war nicht zu erkennen, weil es von einem mächtigen weißen Rauschebart verdeckt wurde. In der linken Hand hielt er den gekrümmten Bischofsstab, während seine rechte Hand den obligatorischen Jutesack und eine schwere Eisenkette umklammerte, die an einem Halsband endete, das einem gedrungenen Kerl umgelegt war, der irgendeinen verfilzten, schwarzen Pelz trug. Auch sein Gesicht war nicht zu erkennen, weil es rußgeschwärzt war.

Die beiden kamen langsam auf sie zu, wobei der Große das allseits bekannte Gedicht zitierte, er komme vom Walde und so weiter.

Frau Schnell merkte, dass ihr sonst so abgebrühter Begleiter doch mit der Situation etwas überfordert und sichtlich verunsichert war. Kurz vor ihnen hielten die beiden an. Die schwarze Gestalt fauchte und zischte und machte Anstalten, den Söldner anzugreifen, der daraufhin hastig zurückwich und in seine Tasche langte.

„Ruhig Ruprecht!", befahl der Große und zerrte ihn an der Kette zurück, was die Wut des schwarzen Kerls nur noch zu vergrößern schien, denn das Knurren und Fauchen wurde immer lauter und drohender.

„Hoh, hoh, hoh, wen haben wir denn da? Wie ist Euer Name, damit ich in meinem goldenen Buch nachsehen kann, ob Ihr immer brav gewesen seid. So wütend, wie Ruprecht ist, scheint das ja wohl nicht der Fall gewesen zu sein. Der arme Kerl ist sehr hungrig. Er hat nämlich heute noch nichts gefressen. Also sprecht!"

Olschowski war außerstande, angemessen auf diesen Mummenschanz zu reagieren. „Lassen Sie uns mit diesem Blödsinn in Ruhe, und verschwinden Sie!", befahl er zischend.

Diese Aufforderung kümmerte die beiden jedoch in keiner Weise. „Wer bist du, Irdischer, dass du es wagst, so mit uns zu reden?", rezitierte der Große und trat einen Schritt näher heran. Der Schwarze stand jetzt unmittelbar vor dem Söldner.

Was dann geschah, erinnerte Lieschen Schnell an einen Film von Quentin Tarantino. Sie sah dessen Filme eigentlich recht gern, wobei sie vieles nicht mitbekam, da sie im entscheidenden Moment die Augen schloss und sich die Ohren zuhielt. Dieses Geschehen erlebte sie jedoch hautnah, ohne dass sie wirklich begriff, was da vor sich ging.

Der Große ließ die Kette los und langte in den Jutesack, während der Schwarze Olschowski ansprang, der ihn jedoch mit einem Hieb des Ellenbogens abwehrte. Gleich darauf hatte der Söldner auch schon die Pistole in der Hand und gab auf die Vorboten der Weihnachtszeit zwei Schüsse ab, die daraufhin zusammenbrachen.

„Das haben diese Idioten davon, warum konnten die keine Ruhe geben. Lassen Sie uns hier abhauen, bevor noch mehr von diesen Bekloppten hier auftauchen", sagte er an Frau Schnell gewandt.

Dann sah sie, wie sich die beiden Niedergeschossenen auf einmal bewegten und plötzlich Pistolen in den Händen hielten.

Olschowski nahm die Bewegung in seinem Rücken intuitiv wahr, er wollte sich noch umdrehen, denn er wusste, dass er einen Fehler begangen hatte. Es war sein letzter.

Lieschen Schnell schrie, als Nikolaus und Ruprecht gleichzeitig feuerten und die beiden Geschosse den Kopf des Söldners trafen und ihn buchstäblich in Stücke rissen.

Der Nikolaus rappelte sich auf, klopfte den Schnee von seinem Mantel, gab seinem schwarzen Vasallen die Hand und half ihm auf die Beine, während er sich mit der anderen Hand den Bauch hielt. „Verdammt!", fluchte er. „Trotz der schusssicheren Weste tut das doch verdammt weh."

„Dabei sind wir doch noch recht gut gepolstert", erklärte Ruprecht. „Vermutlich wird diesen dünnen Heringen bei einem Schuss aus dieser Nähe öfter mal eine Rippe gebrochen."

Inzwischen war in allen Häusern der Umgebung das Licht angegangen. Deren Bewohner standen entweder in den Fenstern, oder waren bereits unterwegs, sich den Vorgang aus nächster Nähe anzusehen. Auch die Gäste des Stern wollten die Angelegenheit doch näher in Augenschein nehmen. Teilweise trugen sie ihre Getränke mit sich.

„Bleiben Sie alle zurück, Polizei!", kommandierte Nikolaus und erntete ein herzhaftes Lachen. Die Meisten hielten das alles wohl für die Probe eines Theaterstücks und wurden sich erst des vollen Ernstes bewusst, als sie näher kamen und den Toten so da liegen sahen.

Ruprecht griff zum Handy, um einen Notarztwagen zu allarmieren.

„Der braucht keinen Notarzt mehr", erklärte der heilige Mann.

Bei dem Stichwort Notarzt unterbrach Lieschen Schnell ihr Schreien. „Schickt den Arzt zu mir nach Hause! Er hat Ahmed niedergeschossen und Christoph und Frau Stein an die Heizung gefesselt. Ich habe solche Angst, dass der arme Junge stirbt."

„Kümmere dich um den Notarzt und die Kollegen!", rief der Weihnachtsmann und rannte mit wehendem Mantel davon.

Lieschen Steins Zuruf, dass der Haustürschlüssel in der Tasche des Toten stecke, bekam er nicht mehr mit.

Die schwere Eichentür hielt Karlchens Ansturm stand. Aber in dem Unterstand fand er einen Spaten, mit dem er die Scheibe des Küchenfensters einschlug und dann hindurchgriff, um es zu öffnen. Dann zwängte er sich durch das Fenster. Als Erstes knipste er das Licht an und nahm ein Messer aus dem Küchenblock, mit dem er die Handfesseln seiner beiden Kollegen durchschnitt. „Hier ist gleich die Hölle los", sagte er. „Notarzt und Kollegen müssen euch nicht so vorfinden. War das nun die von dir propagierte Eigensicherung, Christoph?"

„Danke", sagte Leyendecker, als er sich das Klebeband vom Mund abgerissen hatte. „Wie geht es Frau Schnell?"

„Frau Schnell ist zwar etwas durch den Wind, aber ansonsten wohlauf, ganz im Gegensatz zu dem jungen Mann hier." Karlchen beugte sich zu dem Araber herunter und hielt die Kuppen von Zeigefinger und Mittelfinger an dessen Halsschlagader. „Ich meine, noch einen sehr schwachen Pulsschlag zu spüren, aber sicher bin ich mir da nicht. Irgendwie muss ich dem Notarzt die Haustür aufmachen, der wird wohl kaum durch das Fenster klettern wollen."

„Frau Hein hat einen Ersatzschlüssel", erklärte Leyendecker. „Ich werde ihn besorgen." Er verschwand im Badezimmer, dessen Fenster zu seinem Hof führte.

Frau Hein stand in der geöffneten Haustür. Selbstverständlich hatte sie auch mitbekommen, wie dieser riesige Weihnachtsmann in das Gebäude eingedrungen war. Sie hatte bereits die 110 gewählt, hatte aber die Auskunft erhalten, die Kollegen seien schon unterwegs.

„Wir benötigen Lieschens Haustürschlüssel!", rief Leyendecker.

Frau Hein beeilte sich, der Forderung nachzukommen.

Leyendecker hatte gerade die Haustür aufgeschlossen, da traf auch schon der Notarzt ein, gefolgt von zwei Sanitätern, die alle an ihm vorbei in die Küche stürmten. „Das sieht übel aus", erklärte der Arzt, nachdem er Ahmed kurz untersucht hatte. „Der Mann muss sofort ins Krankenhaus", sagte er, während er ihm eine Infusion anhing.

Mit einer Trage transportierten sie den Verletzten nach draußen und rasten unter Blaulicht davon.

Ulla gab Karlchen einen Kuss auf die Wange. „Danke, was ist denn nun mit Frau Schnells Begleiter?"

„Den hat es erwischt, Ruprecht ist noch bei ihm."

„Wie seid ihr den auf die aberwitzige Idee mit der Verkleidung gekommen?" erkundigte sich Leyendecker.

„Hattest du nicht gesagt, wir sollen uns unauffällig verhalten?"

„Und diese Maskerade ist unauffällig?"

„Natürlich ist das unauffällig", erklärte Karlchen mit voller Überzeugung. „Hast du schon einmal überlegt, warum du nicht hinter die Tricks eines Zauberkünstlers kommst? Er lenkt deine Aufmerksamkeit gezielt auf etwas Spektakuläres, während er heimlich den eigentlichen Trick vollführt. Hier ging es doch nur darum, nicht als Polizeibeamte aufzufallen, und hinter diesem heiligen Bischof mit seinem schwarzen Begleiter konnte doch niemand die Polizei vermuten."

„Es hat ja funktioniert, Kompliment", erklärte Leyendecker. „Aber wie konnte euch nur diese abstruse Idee einfallen?"

„Das war ein glücklicher Zufall. Ich weiß nicht, ob euch das bekannt ist, aber Starck und ich treten in der Vorweihnachtszeit gelegentlich als Nikolaus und Knecht Ruprecht auf, beim Weihnachtsmarkt oder bei Weihnachtsfeiern. Unsere letzte Weihnachtsfeier im vorigen Jahr war im Stern. Als ich nun die Wirtin anrief und mich erkundigte, ob der von uns Gesuchte sich bei ihr in der Kneipe aufhalte, hat sie mich erinnert, dass unsere Kostüme noch dort sind. Als Starck und ich dann miteinander beraten haben, ob wir nicht besser Zivilkleidung anlegen sollten, du erinnerst dich an deine Anweisung, nicht aufzufallen, kam mir spontan die Idee mit den Kostümen. Außerdem sind wir dem Kerl ja schon einmal begegnet. Da kam es uns gerade recht, dass wir unsere Gesichter verbergen konnten. War doch genial, oder?"

Ulla klopfte ihm auf die Schulter. „Euer Verhalten wird zukünftig als mustergültig in jedem Polizeilehrbuch erscheinen. Stilgerecht hättest du hier aber statt durch das Küchenfenster durch den Kamin kommen müssen."

„Frau Schnell hat Gasheizung", gab Leyendecker zu bedenken.

Leyendecker und Ulla Stein hatten inzwischen ihre Waffen wieder an sich genommen. Die Spurensicherung wurde verständigt, die diesmal mit verstärkter Mannschaft anrücken musste, hatte sie doch zwei Orte, die sie untersuchen musste. Ein weiterer Streifenwagen war inzwischen eingetroffen. Leyendecker ließ Frau Schnells Grundstück komplett absperren, denn inzwischen waren doch einige Schaulustige aufgetaucht. Wie bei einer normalen Besichtigungstour schienen die von einem Handlungsort zum anderen zu pendeln.

Natürlich verbreiteten sich die Ereignisse rasend schnell. Innerhalb der sozialen Netzwerke multiplizieren sich Nachrichten in atemberaubender Geschwindigkeit, und es würde nicht lange dauern, bis weitere Schaulustige eintrafen. Die Rheinstraße würde mit parkenden Autos verstopft sein, was zweifellos zu einem Verkehrschaos führen würde. Er veranlasste, dass sie in Höhe der Kirchstraße und der Lindenstraße gesperrt würde.

Danach begaben sie sich zum wenige Meter entfernten Parkplatz, wo es zur Schießerei mit dem Söldner gekommen war. Die Männer von der Spurensicherung waren bereits eingetroffen. Der Tote wurde gerade in den obligatorischen Zinksarg verfrachtet und zur Pathologie gebracht, obwohl die mit Sicherheit keine neuen Erkenntnisse mehr zutage bringen würde, das Geschehene war ja offensichtlich. Frau Schnell stand immer noch da und zitterte. Es war an der Zeit, ihr etwas Ruhe zu gönnen. Natürlich konnte sie nicht in ihr Haus zurück. Leyendecker rief ihre Tochter an, die aus allen Wolken fiel, als er ihr in kurzen Worten den Sachverhalt schilderte. Bis zu deren Eintreffen ließ er die alte Frau zu Frau Hein bringen. Frau Schnells Aussage hatte Zeit bis zum nächsten Tag. Leyendecker hatte ohnehin vor, ihr einen Anwalt zu empfehlen, denn schließlich hatte sie einen Verbrecher beherbergt, was ihr durchaus als Beihilfe, Begünstigung oder Strafvereitelung ausgelegt werden konnte. Die Rechtslage war hier durchaus kompliziert.

Karlchen hatte sich bereits im Haus von Frau Schnell seiner Nikolauskleidung entledigt, während Starck immer noch den schwarzen Pelz trug, den er allerdings jetzt auszog. Bergers und Starcks Waffen wurden ebenso wie die beiden Schutzwesten sichergestellt. Es würde nicht lange dauern, bis wieder die für die internen Ermittlungen zuständigen Herren auftauchten. Starck und Berger waren beide Mitglieder der Gewerkschaft, die ihnen einen Rechtsbeistand zur Seite stellen würde.

Aber auch Leyendecker und Ulla würden sich einige unliebsame Fragen gefallen lassen müssen, ihre Rolle war ja nun auch kein Ruhmesblatt gewesen.

Auf einmal waren Kleinhans und Merkler da. Leyendecker wusste nicht, wer die unterrichtet hatte. Die beiden wedelten mit ihren Ausweisen und waren dabei, die Ermittlungen an sich zu ziehen. Leyendecker war es leid, sich mit denen über Zuständigkeiten zu streiten. Er empfahl Berger und Starck, sich zurückzuziehen. Dann gab er Ulla ein Zeichen, und sie überließen den beiden das Feld.

Sie sahen kurz noch bei Frau Hein herein, Lieschen Schnell war inzwischen abgeholt worden, bevor sie sich in ihre Wohnung zurückzogen. Beide waren zu überdreht, um jetzt gleich Schlaf zu finden. Leyendecker öffnete daher eine Flasche Rotwein.

Kurz darauf scharrte es an ihrer Tür. Ulla öffnete, und ein dicker, grauer und ein kleiner, roter Kater kamen in fröhlicher Eintracht herein. Balboa und Schmeling hatten offenbar ihren Frieden miteinander gefunden. Wäre es nur immer so einfach, dachte Leyendecker.

Die Nacht hatte Tauwetter eingesetzt. Der Schneefall war in Regen übergegangen, und von der weißen Pracht und den zahlreichen Fußspuren auf Frau Schnells Grundstück war nichts mehr übrig geblieben. Lediglich die Absperrbänder erinnerten an die Ereignisse, die sich letzte Nacht im Inneren des alten Hauses abgespielt hatten.

Ulla und Leyendecker hatten auf ihrem Weg zur Dienststelle noch kurz beim Parkplatz vor dem ehemaligen Feuerwehrgerätehaus angehalten. Wären da nicht auch die Absperrbänder gewesen, hätte auf den ersten Blick nichts mehr an den die Auseinandersetzung mit dem Söldner erinnert, zumal in der Dunkelheit die Blutspuren nicht zu erkennen waren. Der Regen war sicher nicht in der Lage, diese ganz zu verwischen.

Zu Leyendeckers Leidwesen musste er das Geschehen der letzten Nacht, soweit es

Ulla und ihn betraf, zu Papier bringen. Er machte sich bereits jetzt Gedanken, welche Formulierungen er gebrauchen könnte, um nicht ganz und gar als Trottel da zu stehen. Er hätte sich nie als eitel bezeichnet, aber sein Stolz war doch angekratzt. Aber da musste er nun einmal durch.

Eigentlich hätte es ihn nicht überraschen sollen, dass der Parkplatz vor der Dienststelle überquoll und sie auf der gegenüberliegenden Seite vor dem Elektromarkt parken mussten.

Das Spiesrutenlaufen begann also schon vor der Tür, denn es wimmelte von Vertretern zahlreicher Presseorgane. Er war sicher, dass sie nicht klammheimlich an denen vorbeikommen würden. Umso mehr erstaunte es ihn, das keiner Notiz von ihnen nahm. Doch dann sah er die Ursache. Inmitten der Menschenmenge stand Brigitte Nielsen und sprach gestikulierend auf die Anwesenden ein. Zum ersten Mal war ihm die Anwesenheit der Kollegin vom BKA recht, konnte er sich doch völlig unbemerkt in sein Zimmer begeben.

So ganz unbemerkt, wie er glaubte, war er dann doch nicht geblieben, denn nach kurzer Zeit klopfte es und Danika Adler, die Redakteurin dieses Kölner Boulevardmagazins, betrat das Zimmer und begrüßte ihn überschwänglich, um ihn kurz darauf auszuschimpfen, warum er ihr diese spannende Story vorenthalten hätte. Schließlich sei er ihr noch etwas schuldig.

Das sah Leyendecker nicht so, hatte sie doch von der Geschichte um den toten jungen Mann bei der Atzelgifter Grillhütte genügend profitiert, weil er ihr so eine Art Erstverwertungsrecht eingeräumt hatte. Allerdings hatte sich seine ursprüngliche Abneigung gegen die hübsche Pressevertreterin doch gelegt, ging sie doch eigentlich nur ihrer Arbeit nach und hatte ihm damals sehr geholfen, weil sie ihm in Pisa wertvolle Informationen beschafft hatte.

„Ich hatte Ihnen doch damals schon gesagt, dass mir die Hände gebunden und der Mund verschlossen sind. Es ist ja wohl inzwischen hinreichend bekannt, dass das BKA sich der Sache angenommen hat, und Sie sehen ja, was dabei herausgekommen ist."

„Das klingt so kritisch", hakte sie nach. „Sind Sie mit der Arbeit Ihrer Kollegen nicht zufrieden? Laut der Dame da draußen, war die doch sehr erfolgreich."

„Es liegt mir fern, deren Arbeit zu beurteilen", antwortete er, „lassen Sie uns in Erinnerung an die alten Zeiten einen Kaffee zusammen trinken. Ihre Informationen haben Sie ja wohl schon bekommen, und ich werde den Teufel tun, mich da einzumischen."

„Ich trinke sehr gern einen Kaffee mit Ihnen, und ja, ich habe Informationen. Es ist sogar eine Pressekonferenz angekündigt. Aber Sie wissen doch so gut wie ich, dass mich das was alle wissen, nur am Rande interessiert. Dadurch verkaufen wir kein Blatt mehr."

„Ich wüsste nicht, wie ich Ihnen helfen kann. Aber warten Sie, ich hätte da so eine Idee."

Er griff zum Telefon. „Ist Karl Berger schon im Haus?", fragte er. „Ja, das ist gut so. Schicken Sie ihn bitte in mein Zimmer. Und lassen Sie uns bitte drei Kaffee kommen."

Kurz darauf kam Karlchen herein. „Du wolltest mich sprechen, Christoph? Aber wie ich sehe, hast du Besuch. Soll ich später noch einmal wiederkommen?"

„Aber nein, komm her und setz dich. Du kennst doch Frau Adler. Ich hätte da einen Vorschlag."

Halali würde es in der Jägersprache wohl lauten. Die Strecke ist gelegt. Die Jagd ist zu Ende. Oder, wie viele Westerwälder sagen würden: Die Spatzen sind gefangen. So ähnlich kann man die Stimmung der Polizisten, die an der Aufklärung eines Verbrechens beteiligt waren, wohl auch beschreiben. Bei Leyendecker wollte diese Art von Triumphgefühl nur schwer aufkommen. Natürlich war er zufrieden, dass wohl in „seiner Stadt" wieder etwas Ruhe einkehren würde. Aber ihm war klar, dass eine restlose Aufklärung der Vorgänge nie erfolgen würde. Was blieb, war die Scherben zusammenzukehren, und zur Tagesordnung überzugehen.

So langsam sickerte die offizielle Lesart durch, die dann auch auf der demnächst stattfindenden Pressekonferenz bekant gegeben werden sollte.

Ahmed Radhi hatte man mit dem Rettungshubschrauber nach Koblenz ins Bundeswehrzentralkrankenhaus geflogen. Vermutlich würde er nicht überleben. Im offiziellen Jargon war er ein fehlgeleiteter Gotteskrieger, allerdings ein Einzeltäter, der keinerlei Verbindungen zu irgendwelchen terroristischen Vereinigungen hatte. Warum er sich ausgerechnet Hachenburg ausgesucht hatte, ließ man offen, schloss jedoch nicht aus, dass dies mit der steigenden Popularität Oberenders zusammenhing.

Die Identität von Konstantin Olschowski hatte man schnell geklärt, denn er war durchaus aktenkundig. Olschowski war 1975 im Duisburger Stadtteil Rheinhausen geboren worden. Nach dem Abitur hatte er sich bei der Polizei beworben und war dort auch angenommen worden. Kurze Zeit später hatte man jedoch festgestellt, dass er psychisch nicht geeignet war. Er hatte seine aufbrausenden Gefühle nicht im Griff, was zu Gewalttätigkeiten bei Festnahmen, aber auch gegenüber Kollegen, führte. So hatte man ihn aus dem Polizeidienst entfernt. Danach war er der französischen Fremdenlegion beigetreten, die er 2007 wieder verlassen hatte. An welchen Einsätzen er teilgenommen hatte, blieb allerdings offen, da die französischen Behörden hierüber grundsätzlich keine Auskunft erteilten.

Was er nach seinem Ausscheiden aus der Legion unternommen hatte, war auf die Schnelle nicht zu ermitteln. Jedenfalls hatte er in Deutschland bis zu Beginn dieses Jahres keine sozialversicherungspflichtige Arbeit aufgenommen oder Sozialleistungen bezogen. Seit Februar war er als geringfügig Beschäftigter bei einem Wachdienst beschäftigt.

Oberender hatte bestätigt, dass er diesen Wachdienst beauftragt hatte, nachdem die Explosion geschehen war. Allerdings sei ihm unverständlich, warum Olschowski dermaßen ausrastete. Der Auftrag habe lediglich der Überwachung seines Grundstückes und dem Schutz seiner Familie gegolten. Diese Angaben waren nicht wirklich zu widerlegen, und die Angelegenheit würde wohl demnächst für abgeschlossen erklärt. Dass in der Fabrik drei Waffen benutzt wurden, spielte für diese Überlegungen keine Rolle. Einer der beiden Beteiligten hätte ja zwei Pistolen benutzen können.

Man hatte Leyendecker nahe gelegt, an der geplanten Pressekonferenz teilzunehmen, was der allerdings kategorisch abgelehnt hatte.

Die beiden Mitarbeiter des Bundeskriminalamts waren bereits dabei, ihre Sachen zu packen. Sie hatten ja ihre Aufgabe zu einem erfolgreichen Abschluss gebracht, und sie hatten nie ernsthaft in Erwägung gezogen, dass eine linke Gruppierung den Anschlag ausgeübt hätte.

In letzter Zeit war doch einige Arbeit liegen geblieben, die jetzt nachgeholt werden musste, und da war ja immer noch der verschwundene Amerikaner.

Am Abend sah er seine Mails nach und musste lachen. „Ulla!", rief er. „Frau Adler hat uns den Artikel geschickt, der morgen in ihrem Blatt erscheint."

„Hast du Danika Adler getroffen?", fragte sie, „davon hast du mir ja gar nichts gesagt. Aber klar, bei dem Auftrieb an Presseleuten durfte sie ja nicht fehlen. Was schreibt sie denn?"

„Komm her, und sieh es dir selbst an."

WIR KRIEGEN JEDEN
stand da geschrieben. Darunter wurde ein Foto gezeigt, das Berger als Nikolaus und Starck als Knecht Ruprecht zeigte. Dann folgte der normale Bericht mit den Fakten, die die Dame vom BKA bekannt gegeben hatte.

„Das ist doch auf deinem Mist gewachsen", erklärte Ulla. „Allein wären die beiden nie auf solche Ideen gekommen. Aber ich muss zugeben, lustig ist das schon."

„Stell dir vor, es wird publik, dass die beiden so auf dem Weihnachtsmarkt auftreten. Die Stadt wird aus allen Nähten platzen. Der komplette Werbering wird uns ewig dankbar sein."

Kapitel 12

Als sie am nächsten Tag zur Dienststelle kamen, hatte sich Danika Adlers Artikel wie ein Lauffeuer verbreitet. Praktisch jeder hielt eine Kopie dieser Seite in den Händen. Leyendecker hatte Mühe, den Leuten, wenn auch nur scherzhaft, klarzumachen, dass sie auch noch eine Nebenbeschäftigung hatten.

Natürlich kamen noch zahlreiche Anfragen, die sie aber an die Kollegen des BKA weiterleiteten. So langsam normalisierte sich der Dienstbetrieb wieder.

Ulla ging in ihr Zimmer, um sich noch einmal mit den Unterlagen Robert Jordans zu befassen. Sie hatte immer noch Hoffnung, irgendwas zu finden, das sie auf die Spur des Verschundenen bringen würde.

Leyendecker sah sie den ganzen Vormittag nicht mehr. Gegen zwölf Uhr ging er in ihr Zimmer, um sie zu fragen, ob sie nicht gemeinsam essen gehen sollten. Das Zimmer war leer. Seltsam, dachte er. Er sah aus dem Fenster. Ullas Mini stand noch auf dem Parkplatz. Er erkundigte sich, ob jemand wisse, wo sich Ulla aufhalte. Er erhielt die Auskunft, sie sei vor etwa zwei Stunden aus dem Haus gegangen, habe aber nicht gesagt, wohin sie wolle.

Das erschien ihm schon komisch, aber er war von ihr ja immer wieder Alleingänge gewohnt. So ganz konnte sie sich das wohl nicht abgewöhnen, auch wenn das Leyendecker missfiel, denn in einem geordneten Dienstbetrieb, sollte der eine schon vom anderen wissen, wo er sich aufhielt.

Er beschloss, in einer nahen Bude eine Erbsensuppe mit Einlage zu essen und kehrte dann an seinen Schreibtisch zurück.

Als er dann am späten Nachmittag nach Hause wollte, war sie immer noch nicht zurückgekehrt, was ihn dann doch beunruhigte. Er versuchte, sie über das Handy zu erreichen, aber das war ausgeschaltet. Mit einem mulmigen Gefühl ging er nach Hause. Er nahm sich vor, doch einmal ein paar ernste Worte mit der Dame zu wechseln.

Zuerst waren da diese höllischen Kopfschmerzen. Dieses Hämmern und Klopfen war kaum auszuhalten. Sie versuchte, mit der rechten Hand die Stelle zu fühlen, die ganz besonders schmerzte. Hier kam zu dem Hämmern und Klopfen noch ein Brennen hinzu, so als hätte sie da eine offene Wunde. Aber das ging nicht. Sie verstand nicht, weshalb ihr das nicht möglich war. Warum konnte sie ihren rechten Arm nicht bewegen. Alles war so unwirklich und doch real. Ganz langsam verstand sie ihre Situation. Noch einmal versuchte sie, ihren rechten Arm zu bewegen, dann den linken. Es ging nicht. Da begriff sie, dass sie gefesselt war. Die Beine versagten ebenfalls ihren Dienst. Mühsam öffnete sie ihre Augen.

Plötzlich kam die Erinnerung mit Macht zurück. Wie hatte ihr das nur passieren können? Sie hatte sich wie ein Anfänger benommen, und jetzt lag sie hier, und es bestand keine Aussicht auf baldige Hilfe. Warum hatte sie auch niemand über ihr Ziel informiert? Sie versuchte zu schreien, aber da war dieses Klebeband, das er ihr um den Kopf und über ihren Mund geschlungen hatte. Als ihr das bewusst wurde, bekam sie plötzlich keine Luft mehr, und ihr drohte, schwindelig zu werden. Mühsam zwang sie sich, ruhig und regelmäßig durch die Nase zu atmen. So langsam legte sich ihre Panik, und ihr Verstand begann wieder, rational zu arbeiten. Durch ihre eigene Dummheit hatte sie sich in diese Situation gebracht, aber sie war weit entfernt davon zu resignieren. Ihr Selbstbewusstsein und ihre Zuversicht kehrten zu ihr zurück. Irgendwie würden sich Mittel und Wege aus diesem Dilemma finden.

Zuerst galt es einmal, die Lage zu sondieren. Es war dunkel. Durch ein kleines Fenster fiel schemenhaft etwas Licht. Sie ahnte mehr, als dass sie es sah. Sie befand sich in einem Raum, dessen Ausmaße gerade einmal drei mal drei

Meter betrugen. Und sie war nicht allein. Irgendwie war da ein schwaches Atmen, oder besser gesagt, ein schwaches Röcheln zu hören.

Leyendecker hatte die Nacht nicht geschlafen. Er wusste nicht, wie oft er Ullas Handy angerufen hatte, aber es war jedes Mal erfolglos gewesen. Genauso wie die Anrufe bei der Dienststelle oder die Nachfragen bei den Streifenwagen.

Am nächsten Morgen suchte er in aller Frühe die Dienststelle auf. Irgendetwas musste er unternehmen. Er wusste nur nicht was. Irgendwie war alles blinder Aktionismus. Aber nur so da zu sitzen und zu warten, das hielt er einfach nicht aus. Ullas Verschwinden musste mit einem ihrer Fälle zusammenhängen, und da war es naheliegend, dass es um den verschwundenen Amerikaner ging. Also nahm er sich dessen Akten noch einmal vor, ohne allerdings Hoffnung zu haben, hier fündig zu werden. Zu oft waren sie den Fall bisher durchgegangen und hatten doch keinen Erfolg gehabt. Er zwang sich, alles noch einmal intensiv durchzulesen und jeden Anhaltspunkt neu zu überdenken. Leider waren seine Bemühungen erfolglos. Am Schluss blieben nur noch die Fotos, die während des Katharinenmarktes geschossen worden waren. Waren darauf irgendwelche Eigentümlichkeiten festzustellen? Und tatsächlich, irgendwas kam ihm seltsam vor. Auf allen Fotos war zu sehen, dass der Mann etwas in der Jackentasche trug. War da nicht die Rede von einer Zeitung gewesen? Was sollte daran seltsam sein, dass der Mann eine Zeitung mit sich führte? Es war nur so ein Gefühl, das Leyendecker hatte. Wenn er eine Zeitung von Berlin mitgebracht hätte, hätte er sie spätestens im Flugzeug gelesen und anschließend weggeworfen, zumindest aber im Hotelzimmer gelassen. Warum schleppte der sie also mit auf den Markt. Eine naheliegende Erklärung war, dass er einfach vergessen hatte, sie zu entsorgen. Wenn das aber nicht zutraf, musste die Zeitung eine gewisse Bedeutung haben, aber welche?

Zuerst musste Leyendecker herausfinden, um was für eine Zeitung es sich handelte. Er versuchte, dies durch Ausschnittvergrößerungen herauszufinden, stellte sich dabei aber so ungeschickt an, dass die Vergrößerungen so körnig in verschwommen waren, dass man beim besten Willen nichts erkennen konnte.

Gott sei Dank war es nach acht Uhr, und die meisten Kollegen waren inzwischen eingetroffen, so auch der Kollege Schneider. Er rief diesen zu sich. Der murmelte irgendetwas von Filtern, und er hatte auch im Handumdrehen einen brauchbaren Ausschnitt auf dem Bildschirm. Zu Leyendeckers Erstaunen handelte es sich um ein Exemplar der Westerwälder Zeitung. Leider war jedoch nicht zu erkennen, um welche Ausgabe es sich handelte. Natürlich konnte man nur mutmaßen, wie der Mann in Berlin an eine Westerwälder Zeitung gekommen war, das war auch letztlich egal, aber irgendeine Bedeutung musste sie schon haben. Leyendecker wurde immer nervöser, er war sich sicher, dass er der Lösung des Falles immer näher kam.

Ulla hörte Schritte, die immer näher kamen. Gleich darauf ging die Tür auf, und das Licht wurde eingeschaltet. Nachdem sich ihre Augen an die Helligkeit gewöhnt hatten, sah sie, dass sie sich in einem Raum befanden, in dem alle möglichen Gartengeräte untergebracht waren. Sie konnte einen Rasenmäher, ein paar Schaufeln und Hacken, eine Astschere und zwei Handsägen erkennen. Eine weitere Tür führte wohl nach draußen.

Der Mann, der mit ihr gefangen gehalten wurde, rührte sich nicht. Ulla glaubte jedoch zu erkennen, dass er noch atmete, aber sicher war sie sich da nicht.

Ulla hoffte, dass ihr Peiniger das Klebeband von ihrem Mund entfernen würde. Vielleicht konnte sie ihn ja überzeugen, dieses sinnlose Unterfangen aufzugeben. Möglicherweise konnte sie ihn auch dazu bewegen, ihre Fesseln etwas zu lockern, indem sie vorgab, die Toilette aufsuchen zu müssen. Eventuell würde sich dabei ja die Gelegenheit für einen Befreiungsversuch ergeben.

Leider wurde sie enttäuscht. Der Mann dachte nicht daran, den Knebel zu lösen, so sehr sie auch versuchte, ihn mit irgendwelchen undefinierbaren Lauten davon zu überzeugen. Er nahm eine spitze Schere und stieß ein Loch in das Klebeband. Dann hatte er da eine Flasche, wie Ulla sie auch an ihrem Fahrrad befestigt hatte, mit einem Kunststoffhalm. Den stieß er durch die die Öffnung bis in ihren Mund. Wortlos ließ er die Flasche auf ihr liegen.

Das gleiche Prozedere führte er bei ihrem Leidensgenossen durch, der allerdings in keiner Weise Reaktion zeigte.

Ulla wollte sich zunächst weigern, irgendetwas zu sich zu nehmen, besann sich dann aber eines Besseren, wusste sie doch nicht, wie lange sie noch hierbleiben musste. Es war so eine dünne Brühe, die irgendwie nach Kohl schmeckte.

Leyendecker wusste, er hatte etwas Bedeutendes entdeckt. Schade, dass nicht zu erkennen war, um welchen Erscheinungstag es sich handelte, aber allzu alt war die Zeitung wohl kaum gewesen. Dann fiel ihm ein, dass es dieses elektronische Archiv der Heimatzeitung gab. Er konnte die Ausgaben ja rückwärts vom Tag des Marktes durchgehen. Aber welche Entdeckung hatte Jordan gemacht? Würde die Leyendecker überhaupt auffallen? Hoffentlich würde seine Tochter die Bedeutung erkennen.

Leyendecker wählte die Nummer, und Esther Jordan war sofort am Apparat. Natürlich könne sie kommen. Sie mache sich sofort auf den Weg.

Der Mann war wieder gegangen, das Licht wieder aus. Er hatte die Tür nicht abgeschlossen. Er fühlte sich sicher. Das konnte er wohl auch. Schließlich waren sie beide gefesselt. Irgendwie musste sie an eines der Gartengeräte kommen, an eine Säge oder Astschere. Nur so hatte sie die Möglichkeit, sich von den Fesseln zu befreien. Aber sie war so fest verschnürt, dass sie sich kaum bewegen konnte. Trotzdem musste sie es versuchen. Und tatsächlich, es war mühsam, aber sie kam ein wenig voran. Sie wusste nicht, wie lange es dauerte. Die Zeit kam ihr ewig vor, aber sie hatte schon fast einen halben Meter geschafft. Doch plötzlich kam sie nicht mehr weiter. Sie zappelte, kämpfte um jeden Zentimeter, aber es ging nicht vorwärts. Bis ihr schließlich die Erkenntnis kam, dass der Kerl sie irgendwie festgebunden hatte. Diese Hoffnung hatte sich also zerschlagen. Resigniert ergab sie sich ihrem Schicksal.

„Wir sollten mit dem Tag des Marktes anfangen und von da in die Vergangenheit zurückgehen", schlug Leyendecker vor. „Die Zeitung ist vermutlich nicht allzu alt. Ich glaube, es ist sinnvoll, dass wir uns zunächst auf den redaktionellen Teil beschränken. Sollten wir nach zwei Wochen nicht fündig geworden sein, gehen wir zurück und nehmen uns die Anzeigen vor."

„Einverstanden", erklärte Esther Jordan, „lassen Sie uns anfangen." Ihre Wangen waren gerötet. Sie wollte unbedingt loslegen, hatte sie doch endlich so etwas wie einen Strohhalm, an dem sie sich festhalten konnte.

Bereits bei der vierten Zeitung wurden sie im Regionalteil fündig. „Seine Großmutter!", die junge Amerikanerin presste Leyendeckers Arm. „Das hat er also gemeint!"

„Meinen Sie dem Bericht, in dem Oberender zu der Demonstration interviewt wird? Wir haben ihn überprüft, er war nachweislich nicht im Haus, als Ihr Vater verschwunden ist."

„Das Bild, ich erkenne das Bild", erklärte die Amerikanerin ganz aufgeregt. „Das Bild ist von Max Liebermann, einem guten Bekannten der Familie. Er hat es etwa 1930 in seinem Garten am Wannsee gemalt. Die Frau auf dem Bild ist meine Urgroßmutter. Es sollte damals ein Geschenk zur Hochzeit sein. Es gibt ein Foto, das meine Urgroßmutter mit meiner Großmutter auf dem Schoß vor diesem Bild zeigt. Als meine Großmutter das Foto damals dem kleinen Robert zeigte, deutete sie zuerst auf meine Großmutter und dann auf die Frau im Bild und erklärte, das sei Oma Ruth. Das hat meinen Vater damals sehr verwirrt, dass zwei Frauen ein und dieselbe

Großmutter sein sollten. Darüber wurde später oft gelacht."

Als meine Urgroßeltern Deutschland damals verließen, sie gingen davon aus, es sei ja nur von kurzer Dauer, brachten sie verschiedene Sachen im Haus eines befreundeten Ehepaares unter, darunter auch dieses Bild. Als sie nach dem Krieg kurzzeitig zurückkehrten, gab es das Haus und das Ehepaar nicht mehr."

„Und jetzt hängt das Bild hier in Hachenburg, schon seltsam", sagte Leyendecker. „Vermutlich ist es eine Kopie."

„Wenn es eine Kopie ist, dann wurde sie vom Original gemacht. Das Bild wurde nie veröffentlicht oder ausgestellt. Wie ich schon sagte, es war ein Hochzeitsgeschenk. Bei den Unterlagen, die man Frau Stein gefaxt hat, befindet sich auch das besagte Foto."

„Ulla hat das Bild gesehen, sie war ja in Oberenders Wohnung. Als sie dann das Foto gesehen hat, hat sie eins und eins zusammengezählt."

Plötzlich ging ihm auf, was sie die ganze Zeit übersehen hatten. In dem Haus in der Tilmannstraße gab es ja noch einen weiteren Bewohner.

Er griff in seine Schreibtischschublade und nahm Pistole und Handschellen heraus. „Ich muss sofort da hin", erklärte er.

„Ich komme mit Ihnen", antwortete Esther Jordan.

„Das geht nicht, bleiben Sie hier und erklären den Kollegen, was los ist. Sie sollen sofort einen Streifenwagen zu Oberenders Haus, Einliegerwohnung, schicken."

Bevor die junge Amerikanerin etwas antworten konnte, hatte er das Zimmer verlassen und eilte davon.

Leyendecker sprang aus dem Wagen und eilte zur Haustür. Er klingelte, aber er erhielt keine Reaktion. Er schellte erneut, diesmal energischer, aber es tat sich nichts. Auch sein Hämmern gegen die Haustür hatte keinerlei Erfolg. Er eilte um das Gebäude. Durch ein Fenster konnte er erkennen, dass sich dort das Wohnzimmer befand, aber es war keine Person zu entdecken. An der Rückseite befand sich eine Metalltür. Er drückte den Griff nach unten. Sie war verschlossen.

Was sollte er machen? Normalerweise hätte er einen Schlosser bestellt, der die Tür öffnete. Er hätte vermutlich auch einen Durchsuchungsbeschluss benötigt. Aber dafür blieb keine Zeit. Für ihn war hier Gefahr im Verzuge. Er war auch nicht bereit, auf das Eintreffen des Streifenwagens zu warten. Irgendwie musste er ins Innere gelangen. Er sah sich auf dem Hof um. Wäre dort ein schwerer Stein gelegen, hätte er ihn genommen und die Scheibe des Fensters eingeworfen. Aber da war kein Stein. Er eilte zu seinem

Wagen zurück. Auch wenn er ihn noch nie benutzt hatte, wusste er doch, dass sich im Kofferraum ein Radschlüssel befand. Mit dem musste es doch gelingen, die Scheibe einzuschlagen.

Der erste Versuch misslang, verursachte aber ein Höllenlärm. Beim zweiten Mal hatte er mehr Erfolg, und mit ein paar weiteren Schlägen konnte er durch das Loch greifen und mit dem Griff das Fenster öffnen.

Er kletterte hinein und zog seine Waffe. Wenn sich jemand in der Wohnung befand, hatte der den Eindringling natürlich längst bemerkt. Er öffnete die Wohnzimmertür. Dahinter befand sich ein schmaler Flur mit mehreren Türen. Die Türen waren geschlossen. Abrupt riss er eine auf und stürmte hinein. Er befand sich in einem Schlafzimmer mit Möbeln aus Weichholz. Auf den ersten Blick war niemand zu sehen. Es blieb keine Zeit, das Zimmer einer näheren Überprüfung zu unterziehen. Er musste weiter. Er war sicher, dass sich Ulla hier irgendwo befand. Mit vorgehaltener Waffe stürzte er durch die nächste Tür. Er befand sich im Badezimmer. Es war ebenfalls leer. Also musste er weitersuchen.

Irgendetwas hatte er aus denn Augenwinkeln wahrgenommen. Er machte daher intuitiv eine Ausweichbewegung. Der Schlag streifte daher nur seine rechte Schulter. Der Schmerz reichte aber aus, dass die Pistole seiner Hand entglitt und in eine Ecke flog.

Erst dann sah er ihn. Der Irrsinn funkelte in seinen Augen. Die Narbe auf seiner Stirn, die das Bolzenschussgerät verursacht hatte, leuchtete tiefrot. Kurt Oberender hielt den Stiel eines Beils oder einer Axt in beiden Händen. Er holte erneut zum Schlag aus. Der Schlag hätte zweifellos ausgereicht, um Leyendeckers Schädel zu zerschmettern. Aber die tödliche Waffe berührte die Decke. Das reichte aus, um die Wucht des Schlages zu verringern, und es verschaffte gleichzeitig Leyendecker Zeit auszuweichen. Irgendwie streifte der Stiel Leyendecker noch, aber der nahm das gar nicht wahr.

Der Flur war so eng, dass an eine normale Kampfführung nicht zu denken war. Zuerst musste er weitere Schläge verhindern. Leyendecker sprang seinen Gegner an und umklammerte den Angreifer, dessen Waffe zwischen den beiden Körpern eingeklemmt wurde. Oberender versuchte sich loszureißen, um Leyendecker mit weiteren Schlägen den Rest zu geben. Trotz seines Alters war er erstaunlich stark, und der Wahnsinn verlieh ihm wohl noch zusätzliche Kräfte. Mit aller Macht schob er Leyendecker gegen die Wand des Flurs, was den schmerzlich an seine lädierte Schulter erinnerte. Dann machte er Anstalten, sich mit dem Rücken gegen die gegenüberliegende Wand zu werfen. Falls ihm das wirklich gelang, würden Leyendeckers Hände wohl so gequetscht werden, dass der den

Mann loslassen musste. Vermutlich würden dabei auch ein paar Knochen brechen.

Unter Aufbietung all seiner Kräfte hob Leyendecker den Angreifer hoch und presste ihm weiter den Brustkasten zusammen. Oberender zappelte und trat nach Leyendecker. Aber der ließ nicht locker, und er spürte, dass seine Umklammerung dem Gegner nach und nach die Luft nahm. Aber lange hielt er das auch nicht mehr durch. Doch dann ließ der Widerstand Oberenders merklich nach. Leyendecker löste die Umklammerung und rammte ihm den Ellenbogen an den Unterkiefer. Oberenders Augen wurden glasig. Ohnmächtig sackte er zusammen.

Leyendecker stand atemringend über ihm. Er war im Augenblick zu keinen weiteren Handlungen mehr fähig. Er wusste nicht, wie lange er so da stand und nach Luft schnappte. Schließlich riss er sich dann doch zusammen und legte dem immer noch leblosen Oberender Handschellen an. Die Pistole, die immer noch auf dem Boden lag, steckte er in die Tasche. Er würde sie wohl nicht mehr brauchen.

Irgendjemand hämmerte an die Haustür. Leyendecker hörte das aber nur im Unterbewusstsein. Er musste weiter. Irgendwo musste Ulla ja sein. Er riss eine Tür nach der anderen auf. Endlich hatte er sie gefunden. Da lag sie, und sie lebte. Der ganze Ballast fiel von ihm ab. Schnell eilte er in die Küche und fand auch ein Messer, mit dem er ihr die Fesseln zerschnitt. Vorsichtig entfernte er das Klebeband vor ihrem Mund. Er zog sie hoch und nahm sie in die Arme.

Sie deutete auf den Mann, der reglos in dem Raum lag. „Wir brauchen einen Notarzt. Ich glaube, das ist der gesuchte Jordan. Hoffentlich lebt er noch."

Leyendecker zog sein Handy aus der Tasche, es hatte tatsächlich den Kampf mit Oberender überlebt, und wählte die 112. Dann ging er zu dem am Boden Liegenden und zerschnitt seine Fesseln und das Klebeband vor seinem Mund. Der Mann atmete kaum noch. Er legte ihn vorsichtig in eine stabile Seitenlage. Mehr konnte er nicht tun. Alles andere war Aufgabe des Notarztes.

Erst jetzt nahm er erneut das Klopfen an der Haustür wahr. Die Streifenbesatzung war inzwischen eingetroffen. Der Schlüssel steckte von innen, und er öffnete.

Auch Esther Jordan war inzwischen angekommen. „Haben Sie meinen Vater gefunden? Wie geht es ihm?"

„Es geht ihm schlecht", erwiderte er, „der Notarzt wird bald eintreffen."

„Kann ich zu ihm?", fragte sie.

„Sie sollten ihn nicht anrühren. Er ist nicht bei Bewusstsein. Überlassen sie das dem Notarzt."

Sie deutete auf den immer noch am Boden liegenden Oberender, der so langsam das Bewusstsein wieder erlangte. „Ist das der Mann, der meinen Vater die ganze Zeit gefangen gehalten hat?"

Leyendecker bestätigte mit einem kurzen Kopfnicken. „Ich glaube, dem Mann ist nicht bewusst, was er da angerichtet hat. Er ist krank."

Irgendwie war auch Frank Oberender aufgetaucht. „Was ist hier los?", erkundigte er sich barsch. „Was machen Sie mit meinem Schwiegervater? Warum ist er gefesselt?"

„Er hat Robert Jordan die ganze Zeit hier unten gefangen gehalten", antwortete Leyendecker. „Wir können von Glück reden, wenn der Mann das alles überlebt. Sein Zustand ist mehr als kritisch."

„Was reden Sie da für einen Unsinn. Warum sollte mein Schwiegervater diesen Mann gefangen halten?"

Kurt Oberender liefen die Tränen über die Wangen. „Er wollte uns das Bild wegnehmen", flüsterte er mit weinerlicher Stimme. „Das darf er doch nicht."

Frank Oberender griff sich seinen Schwiegervater und zerrte ihn halbhoch. „Verdammt, von welchem Bild redest du?"

„Lassen Sie ihn los!", befahl Leyendecker. „Er meint das Bild, das in Ihrem Arbeitszimmer hängt."

Oberender schüttelte ungläubig den Kopf. „Das Bild ist zwar schön, aber nicht besonders wertvoll. Deshalb sperrt der den Mann hier ein, unbegreiflich."

Der Notarzt kam mit zwei Sanitätern zur Tür hereingestürmt. „Wir brauchen Platz. Machen Sie bitte alle, dass sie rauskommen!", befahl er.

„Nehmt den Mann mit!", befahl Leyendecker den beiden uniformierten Kollegen. „Und sorgt dafür, dass ein Arzt sich den Mann ansieht! Am besten, ihr ruft den Amtsarzt an. Der kann dann auch gleich mit dem Amtsrichter veranlassen, dass er in einer geschlossenen Anstalt untergebracht wird."

„Lass uns nach draußen gehen", sagte er zu Ulla. „Hier stehen wir nur im Weg." Draußen nahm er sie erneut in den Arm. Erst da bemerkte er, wie sehr seine Schulter ihn schmerzte. „Du bist immer wieder für eine Überraschung gut", sagte er. „Wie oft haben dich deine Alleingänge schon in Schwierigkeiten gebracht? Gelernt hast du daraus nichts. Aber darüber reden wir später. Ich bin erst einmal froh, dass ich dich gefunden habe. Geht es dir gut? Meinst du nicht, du solltest dich im Krankenhaus untersuchen lassen. Es ist ja offensichtlich, dass du einen auf den Kopf bekommen hast."

„Halb so wild", wiegelte sie ab. „Mir ist nur ganz schön kalt geworden. Wenn ich mit überlege, dass er den armen Mann fast drei Wochen da hat liegen lassen. Ein Wunder, dass er überhaupt noch lebt. Eine warme Dusche und ich bin wieder fit. Was ist mit dir? Mir scheint, deine Schulter hat auch was abbekommen."

„Wird schon wieder", erklärte er. „Wir sind doch hart im Nehmen."

„Wie hast du uns überhaupt gefunden?", fragte sie. „Hast du auch das Bild gesehen?"

„Du hättest es uns durchaus einfacher machen können, wenn du irgendjemand gesagt hättest, was du vorhast." Den Vorwurf konnte er ihr doch nicht ersparen. „Letztendlich bin ich auch durch das Bild darauf gekommen, aber im Gegensatz zu dir hatte ich es ja nicht gesehen. Ich brauchte Esther Jordans Hilfe."

Die Sanitäter kamen mit einer fahrbaren Trage an ihnen vorbei. Der Notarzt hatte Jordan an eine Infusion angeschlossen. Hier draußen sahen sie erst, wie ausgemergelt der Mann doch war. Kein Vergleich mit dem Foto, das sie von ihm gesehen hatten.

„Das Bild ist angeblich von Max Liebermann", informierte Leyendecker. „Wenn das zutrifft, hat es doch einen erheblichen Wert. Wir müssen es sicherstellen. Vielleicht kannst du das übernehmen. Ich bleibe hier, bis die Spurensicherung eingetroffen ist."

„Sehr gerne", antwortete sie. „Ich hole das Bild. Dann muss ich aber nach Hause. Ich brauche dringend eine Dusche."

„Einverstanden", erklärte er. „Du kannst meinen Z3 nehmen. In den Kofferraum wird es natürlich nicht passen. Du kannst es ja hinter den Sitzen verstauen."

„Lass mal", wehrte sie ab. „Ich lasse lieber einen Streifenwagen kommen. Mein Mini steht ja auch noch bei der Dienststelle."

Frank Oberender händigte ihr das Bild ohne Probleme aus. Seine Frau und er waren immer noch über das Verhalten Kurt Oberenders geschockt.

Leyendecker wartete noch auf das Team der Spurensicherung.

„Es wäre wohl sinnvoll, wenn wir unseren Dauerwohnsitz hier in Hachenburg nehmen würden", erklärte der Mann mit der John-Lennon-Brille gut gelaunt. Das würde die Fahrtkosten zu unseren Einsatzorten doch erheblich senken."

„Ich hoffe, ich sehe euch nicht so bald wieder", sagte Leyendecker. „Mein Bedarf ist für die nächste Zeit mehr als gedeckt."

Als Leyendecker nach Hause kam, war Ulla wieder putzmunter. „Sollten wir nicht anrufen und uns erkundigen, wie es Jordan geht?"

„Am besten fahren wir ins Krankenhaus und hören dort einmal nach."

Leyendecker hatte immer noch dieses unangenehme Gefühl, wenn er im Krankenhaus war. Das würde wohl auch immer so bleiben. Man sagte ihnen an der Pforte, dass sich Jordan auf der Intensivstation befinde. Sie kannten beide den Weg, hatte Leyendecker doch vor ein paar Jahren längere Zeit dort verbracht. Damals, als ihn die junge Frau in den Bauch geschossen hatte.

Der Zutritt zur Intensivstation wurde ihnen verweigert. Man wies jedoch darauf hin, dass sich Esther Jordan bei ihrem Vater befinde, und bot an, sie herauszurufen.

Sie kam dann auch bald. Ihr Gesicht drückte Hoffnung und Zuversicht aus.

„Wir sind eigentlich nur gekommen, um uns zu erkundigen, wie es Ihrem Vater geht", ergriff Ulla das Wort. „Was sagen die Ärzte?"

„Eigentlich sieht es ganz gut aus. Die Ärzte sind guter Hoffnung, dass er bald wieder hergestellt ist. Wie sie sagen, hätte es keinen Tag länger dauern dürfen. Er hat wohl noch mal Glück gehabt, dank Ihnen."

„Das freut uns", erklärte Leyendecker, „das sind ja gute Nachrichten. Mehr wollten wir eigentlich auch nicht. Vielleicht noch eine Frage. Haben Sie irgendeine Vermutung, wie das Bild hierher gekommen ist?"

„Ich habe keine Ahnung", erklärte Esther Jordan. Das liegt ja nun auch schon so lange zurück."

„Ich fürchte, das wird für immer ein Geheimnis bleiben", vermutete Ulla.

Kapitel 13

Ahmed Radhi war verstorben, ohne noch einmal aufzuwachen. Man hatte den Leichnam nach Bagdad geflogen, wo er auch gleich bestattet worden war.

Die Aufregung in dem kleinen Westerwaldstädtchen hatte sich etwas gelegt. Die Pressemeute war weiter gezogen. In der Vorweihnachtszeit bekamen Berger und Starck immer noch Anfragen verschiedener Radio- und Fernsehstationen. Leider hatte man ihnen keine Aussagegenehmigung erteilt. Die vorgesetzten Behörden waren da doch recht humorlos, obwohl das vermutlich dem Image der Polizei nicht geschadet hätte. Zumindest vertrat Karlchen diese Auffassung.

Peter Jordan sollte in wenigen Tagen aus dem Krankenhaus entlassen werden. Zumindest körperlich war er wieder hergestellt. Wie es um seinen Seelenzustand bestellt war, musste sich erst noch herausstellen.

Leyendecker war froh, dass alles wieder seinen gewohnten Gang ging. Aufregung hatten sie in dem ablaufenden Jahr ja nun wirklich genug gehabt. Er saß mit Ulla auf dem Sofa. Gemeinsam sahen sie sich eine Quizshow an, als es an der Haustür läutete.

„Wer wird das denn um diese Uhrzeit noch sein?", fragte er. „Vielleicht sollten wir uns doch eine Gegensprechanlage zulegen."

„So viele Leute kommen ja nicht zu uns", widersprach Ulla. „Da lohnt sich eine Gegensprechanlage nicht. Ich geh ja schon und sehe nach, wer das noch ist."

„Es ist für dich", sagte sie, als sie zurückkam.

Leyendecker schaute auf. Den Mann hätte er nun wirklich nicht erwartet. „Sind Sie gekommen, um den versprochenen Gefallen einzufordern? Aber kommen Sie doch erst einmal herein und nehmen Sie Platz. Dürfen wir Ihnen etwas anbieten?"

„Ein Bier wäre nicht schlecht", antwortete der Neuankömmling. „Aber nur, wenn Sie auch eins mittrinken."

Eine gute Idee", stellte Leyendecker fest. „Aber ich habe kein Kölsch da."

„Das macht nichts. Wir sind ja nicht in Köln, und das heimische Pils soll ja auch recht gut sein."

Leyendecker beeilte sich, drei Gläser und zwei Flaschen zu holen. „Ulla, das ist der Mann, den ich ..."

„Lass mich raten", unterbrach sie ihn, „das ist der geheimnisvolle Mann, den du in Köln nach dem Fußballspiel getroffen hast." Sie reichte dem Ankömmling die Hand. „Freut mich, Sie kennenzulernen."

„Genau richtig", bestätigte er, während er die Gläser einschenkte und dann dem Besucher zuprostete.

Der Besucher nahm einen Schluck und stellte bedächtig das Glas zurück auf den Tisch. „Ich kann mir vorstellen, dass Sie sich über meinen Besuch wundern. Zunächst möchte ich Sie darüber informieren, dass man Oberender klargemacht hat, dass er mit seiner Partei mit keiner Unterstützung mehr rechnen kann. Ich glaube auch, dass seine Reputation erheblich gelitten hat. Dass ein Mann in seinem Haus und dann noch von seinem Schwiegervater mehrere Wochen gefangen gehalten wurde, ohne dass er etwas gemerkt hat, werden ihm seine Wähler doch recht übel nehmen. Die Reaktionen der Presse waren ja auch entsprechend."

„Um mir das zu sagen, sind Sie doch nicht hergekommen", zweifelte Leyendecker.

Der Ankömmling nahm noch einen kräftigen Schluck und fuhr dann fort: „Lassen Sie mich mit einer Frage antworten: Glauben Sie an Gerechtigkeit?"

„Wird das jetzt eine philosophische Diskussion?", wunderte sich Leyendecker. „Die Gerechtigkeit, die allen gerecht wird, wird es niemals geben. Aber wir versuchen in unserer täglichen Arbeit, ihr doch so weit wie möglich, nahe zu kommen. Oft gelingt das auch. Um was geht es Ihnen den tatsächlich?"

„Ich könnte Ihnen ein naheliegendes Beispiel geben. Wie ich höre, ging es in Ihrem letzten Fall um ein wertvolles Bild, das der Familie dieses Amerikaners in den dreißiger Jahren des vergangenen Jahrhunderts abhandengekommen ist. Es wäre doch gerecht, wenn dieser Amerikaner eine Entschädigung für seine Qualen erhalten würde und mit seinem Bild in die USA zurückfliegt. Nichts davon wird eintreten. Der Mann wird keine Entschädigung erhalten, denn der Alte ist deliktsunfähig und dazu noch pleite. Was er nach dem Opferentschädigungsgesetz erhält, ist nicht mehr, als das was Sie sonntags in den Klingelbeutel werfen. Können Sie mir soweit folgen?"

„Natürlich kann ich Ihnen folgen und so bedauerlich das auch ist, Sie haben wohl recht."

„Kommen wir nun zu dem Bild", fuhr der Mann fort. „Welche Beweise haben die Jordans, dass es sich um ihr Bild handelt. Allenfalls können sie mit dem Foto beweisen, dass ein Bild, was so aussah, einmal in ihrem Besitz war. Es gibt nur diese Familienlegende, und das ist kein Beweis. Der Betreuer von Kurt Oberender, und ein solcher wird mit Sicherheit bestellt werden, muss Ansprüche an dem Bild anmelden, sonst bekommt er Ärger mit der Aufsicht beim Amtsgericht. Vermutlich wird sich auch noch der Konkursverwalter melden. Es wird Jordan kaum gelingen, nachzuweisen, dass er der rechtmäßige Eigentümer ist. Nehmen wir einmal an, es handelt sich tatsächlich um das Bild, das den Urgroßeltern Jordans gehörte. Die haben das Bild zurückgelassen. Ein wenig BGB kennen wir doch auch noch. Die Juristen sagen: freiwilliger Verlust des unmittelbaren Besitzes, mit der Folge, dass ein anderer daran gutgläubig Eigentum erwerben kann. Es wird Prozess auf Prozess folgen, und lediglich die Anwälte verdienen daran."

Leyendecker nickte. „An dem, was Sie da sagen, ist schon was dran. Aber wie komme ich hier ins Spiel."

„Lassen Sie mich noch weiter ausholen. Ich habe Informationen, die vielleicht etwas Klarheit bringen, oder aber für noch mehr Verwirrung sorgen. Emil Oberender, der Vater von Kurt, war in Berlin ein hohes Tier bei der Gestapo, hat aber nach dem Krieg relativ schnell seinen Persilschein erhalten. Damals wurde bald das Amt für Verfassungsschutz gegründet. Ein solches Amt zu gründen ist eine Sache, Personal dafür zu rekrutieren eine andere. Man hat damals auf Personen zurückgegriffen, die schon eine gewisse Erfahrung in der Geheimdiensttätigkeit hatten. Das waren nun einmal auch die Leute von der Gestapo. Man muss das geschichtlich einordnen. Es ging damals um die Bekämpfung der Sowjetunion und ihres Ablegers im Westen, der KPD. Man war auf dem rechten Auge durchaus etwas blind. Kurz gesagt, Emil Oberender war Mitarbeiter des Verfassungsschutzes, und es wäre heute noch vielen peinlich, wenn herauskommen würde, dass man ihn damals hat davonkommen lassen. Es war vermutlich nicht das Bild allein, was er sich damals unter den Nagel gerissen hat. Er hat ja erheblich in die Firma seines Schwiegervaters investiert. Ein Prozess um dieses Bild würde weltweit Aufsehen erregen. Denken Sie nur an den Rummel, den es um diesen Klimmt gegeben hat. An diesem Aufsehen ist niemand interessiert."

„Und wie gedenken Sie dieses Aufsehen zu vermeiden?", schaltete sich Ulla erstmals in das Gespräch ein. Sie hatte bisher nur aufmerksam zugehört.

Der Besucher breitete die Armen auseinander. „Wir haben uns so unsere Gedanken gemacht."

„Wen meinen Sie mit wir?", forschte Leyendecker nach.

„Das tut im Moment nichts zur Sache. Also, wir dachten, am besten wäre das Bild eine Fälschung, was bisher ja auch alle geglaubt haben."

„Ich kann Ihren Ausführungen nicht ganz folgen", erklärte Leyendecker. „Bevor es zu einem Rechtsstreit kommt, wird man doch mit Sicherheit das Gutachten eines Experten einholen."

„Genau. Was wäre, wenn dieser Experte feststellt, dass es sich um eine Fälschung handelt."

„Dann wäre keiner der Beteiligten mehr an dem Bild interessiert. Zumindest würde niemand für eine Fälschung einen Prozess anfangen. Eine frappierende Logik", erklärte Leyendecker. „Aber was geschieht dann mit dem echten Bild?"

„Das erhält der wahre Eigentümer."

„Jetzt widersprechen Sie sich aber", schaltete sich Ulla erneut ein. „Sie haben doch vorhin erklärt, dass total offen ist, wem das Bild zusteht."

„Sie haben mich verstanden, Frau Stein. Hier stellt sich wieder die Frage vom Anfang. Was ist Gerechtigkeit. Ist Gerechtigkeit das, was die Richter entscheiden?"

Irgendjemand muss es ja entscheiden", fiel Leyendecker ihm ins Wort. „Entscheiden jetzt Sie oder ich, was Recht ist."

„Ich glaube, wir sind uns einig, dass der rechtmäßige Eigentümer Robert Jordan ist, auch wenn das schwer zu beweisen ist. Wir haben sehr gute Spezialisten, die eine erstklassige Kopie machen könnten. Uns müsste nur das Original zur Verfügung gestellt werden. Die Oberenders waren ja ohnehin immer der Meinung, es handele sich um eine Kopie. Der alte Emil hat sie anscheinend nicht informiert."

„Leyendecker schüttelte den Kopf. „Auf das Eis begebe ich mich nicht. Für dieses Dilemma bin ich nicht verantwortlich."

Ihr Besucher zog einen Kugelschreiber aus der Tasche und nahm eine Zeitung, die auf dem Tisch lag, zur Hand. „Überlegen Sie noch einmal in aller Ruhe, ob mein Vorschlag nicht doch die beste Lösung ist. Ich schreibe Ihnen hier eine

Telefonnummer auf. Die ist rund um die Uhr besetzt. Danke für das Bier und Ihre Zeit." Damit verabschiedete er sich.

„Es geht ihm nicht um Gerechtigkeit", stellte Leyendecker fest. „Es soll nur möglichst wenig Staub aufgewirbelt werden. Nicht dass wieder einige Politiker auf die Idee kommen, den Geheimdiensten besser auf die Finger zu sehen."

„Was willst du tun?", fragte Ulla.

„Jedenfalls ist das Bild in unserer Asservatenkammer nicht sicher genug aufgehoben. Ich werde es in den nächsten Tagen in den Tresorraum der Sparkasse schaffen."

24. 12. 2015

„Ich habe eine E-Mail von Esther Jordan erhalten", berichtete Ulla. „Sie und ihr Vater wünschen uns friedvolle und gesegnete Weihnachten und alles Gute für 2016. Außerdem bedankt sie sich für alles, was wir für Ihren Vater getan haben."

„Schön, dass die Jordans an uns gedacht haben", freute sich Leyendecker. „Das hat man ja nicht allzu oft."

„Aber etwas ist seltsam", erklärte Ulla nachdenklich. „Sie richtet uns Grüße ihrer Urgroßmutter Ruth aus."

„Das ist aber wirklich seltsam", bestätigte er grinsend.

Ulla sah ihn scharf an. „Stell dich nicht blöd, Leyendecker. Ich habe geglaubt, das Bild sei im Tresorraum der Sparkasse."

„In der Sparkasse ist nur ein verpackter Holzrahmen, den ich auf die Schnelle zusammengetackert habe. Anfang des Jahres wird sich ein von Robert Jordan bevollmächtigter Rechtsanwalt mit einem Gutachter bei mir melden, der das Bild untersuchen will. Ich werde es dann bei der Sparkasse abholen, und der Gutachter wird feststellen, dass es kein Original von Max Liebermann ist."

„Das wird auch nicht weiter schwer sein, wenn du ihm lediglich einen leeren Holzrahmen zeigst."

„Wenn ich das Bild einmal austauschen kann, dann auch ein zweites Mal. Die Kopie steht verpackt bei den Weihnachtsgeschenken."

„Das hast du gut gemacht." Ulla klopfte ihm auf die Schulter und lachte.

dpa, 30.1.2016
Cancún/Mexiko: In der Nacht vom 28. auf den 29.1.2016 drangen vier maskierte und bewaffnete Männer in die von dem deutschen Ehepaar Inge und Frank Oberender angemietete Villa ein. Der Hausherr leistete offenbar Widerstand und wurde erschossen. Die Haushälterin fand den Toten und die gefesselte Frau am frühen Morgen. Der Safe war geöffnet. Die Täter sind flüchtig.
Frank Oberender war Gründer der Partei WIR SELBST, deren Vorsitz er erst vor wenigen Wochen niedergelegt hatte.